ado

"Pourquoi ne pas engager une Française?"

"Sur ce point, le cheik demeure inflexible," fit M. Blais. "Les Arabes sont incroyablement affectés, et cette fixation au modèle anglais est devenue caricaturale."

Dove se maîtrisa prudemment. "Je n'ai pas encore eu le temps de vous expliquer," commença-t-elle. "Mme Todd m'a dit…"

"…de réclamer de meilleurs gages? Très bien. Habituellement, nous versions un salaire de dix mille livres par an; si j'y ajoute mille livres, cela vous suffira-t-il?"

"Merci de votre générosité, monsieur. J'accepte,…à condition…de…de recevoir un an de salaire à l'avance," articula-t-elle, la gorge serrée. "Je signerai n'importe quoi, je ferai ce que vous voudrez!"

NOUVEAU!

Pour fêter le retour du printemps, la collection Harlequin Romantique se pare d'une nouvelle couverture . . . plus belle, plus tendre, plus romantique!

Ne manquez pas les six nouveaux titres de la collection Harlequin Romantique!

Une fleur dans le désert

Margaret Rome

Harlequin Romantique

PARIS · MONTREAL · NEW YORK · TORONTO

Publié en avril 1983

ISBN 0-373-41181-2

Dépôt légal 2e trimestre 1983
Bibliothèque nationale du Québec et Bibliothèque nationale
du Canada.

Imprimé au Canada—Printed in Canada

Dove stationna sa Mini-Cooper juste devant la boutique de ses parents. Avant de descendre, elle s'attarda à contempler la vitrine : toutes sortes de magazines, des livres de poche, diverses marques de cigarettes s'y étalaient. Sans compter les inévitables bocaux de confiseries remplis de sucres d'orge et chewing-gums, pour la tentation des enfants.

A y regarder de plus près, la présentation laissait étrangement à désirer. Non seulement les pages des journaux étaient jaunies et cornées, mais elle les reconnaissait pour les avoir elle-même placées là, quatre mois auparavant ; le ruban rouge d'une boîte de chocolats s'était dénoué et pendait lamentablement. Rapidement, elle ferma sa voiture et fronça les sourcils. Une couche épaisse de poussière recouvrait le présentoir et les bonbons exposés avaient eu le temps de fondre et de coller. On avait même laissé les garnitures de Noël au beau milieu du mois d'avril ! Que s'était-il donc passé et qu'était-il arrivé à ses parents, d'ordinaire si méticuleux et soucieux de la décoration ?

A la fois irritée et inquiète, elle se dirigea vers l'appartement familial, au-dessus de la boutique. Elle se préparait à réprimander son père qui lui avait caché ses ennuis. Pourtant, ils se téléphonaient chaque semaine. Quant à sa mère, elle avait tendance à éluder les problèmes et à se reposer toujours entièrement sur son mari de tous les soucis et décisions à prendre. Encore jolie et optimiste, elle se donnait parfois la satisfaction d'avouer son âge aux clients de passage : « J'ai soixante-cinq ans, vous savez ! » déclarait-elle, coquette.

La musique du transistor guida Dove vers la cuisine ; sur le pas de la porte, elle observa sa mère éplucher des légumes. Ses gestes las, inhabituellement lents l'étonnèrent : quel contraste avec sa vivacité coutumière ! Au Noël dernier encore, elle s'affairait à la cuisine, à gratter les carottes, à nettoyer le chou, à émietter le pain pour la farce, de ses doigts agiles. Et, reconnaissant un air ancien à la radio, elle s'était précipitée pour montrer un vieux pas compliqué de danse, avec un joyeux dynamisme !

— Maman ! cria Dove, s'efforçant de couvrir le bruit du poste.

Près de l'évier, sa mère sursauta et lâcha son couteau.

— Dove ! balbutia-t-elle en chancelant, tu m'as fait peur !

Sa fille se précipita pour l'embrasser.

— Désolée, maman, je ne voulais pas t'effrayer. Assieds-toi, tu es si pâle !

Tout en l'aidant à s'installer sur une chaise, elle la scrutait attentivement. Comme elle semblait vieillie ! Dove saisit un tabouret, prit place en face d'elle et tout en tenant ses mains dans les siennes, la gronda gentiment.

— Maman, visiblement, tu ne vas pas bien. Pourquoi ne pas m'en avoir informée ? Je serais venue immédiatement, tu le sais !

Les yeux de la vieille dame brillèrent. Elle passa une main caressante dans les cheveux soyeux de sa fille.

— Argent au clair de lune, or au soleil... murmura-t-elle rêveusement. Je le sais bien, mon petit, reprit-elle à voix haute, mais jamais il n'a été question de te faire rentrer. Pourquoi me crois-tu malade ?

— Allons, maman, répliqua Dove sur un ton affectueux mais décidé. Il est arrivé quelque chose, j'en suis convaincue. Dois-je me fâcher pour te le faire avouer ?

— On ne peut rien te cacher, ma chérie. Tu as la fermeté de ton père, sans son autorité parfois cassante, du moins, aux yeux de certains... soupira-t-elle. Pourquoi ces administrateurs nous importunent-ils avec leurs mesquineries ? Habitué à commander pendant longtemps, un ancien major ne peut tolérer aucune atteinte à sa liberté, ni aucune ingérence dans ses affaires, c'est tout de même pourtant compréhensible ! Dans le civil, aujourd'hui, ton père est en droit de mener sa vie comme il l'entend !

Sous le coup de l'indignation, ses joues s'empourprèrent. Puis, elle se lança dans l'évocation de leur vie passée, lorsque son mari était dans l'armée.

— Oh, ce n'était pas toujours facile ! Evidemment, les femmes d'officiers pouvaient profiter des voyages ; nous vivions près de nos époux et une camaraderie formidable nous liait toutes ; mais nous étions soumises aux règles contraignantes de la vie en communauté, et il a bien fallu s'en arranger pendant vingt ans. Maintenant, les circonstances ont changé. Comme ton père le faisait remarquer avec justesse, il n'est plus tenu à des obligations, c'est lui qui dirige ses affaires comme il en a décidé...

Brusquement alertée par ce flot de paroles ininterrompues, Dove intervint.

— Un instant, maman. Contre qui père doit-il se défendre ? Pas contre l'inspecteur des impôts, cette fois !

Relevant la tête, sa mère se redressa, fermement résolue à plaider la cause de l'absent contre toutes les critiques d'où qu'elles viennent.

— Et qui d'autre s'acharnerait à lui réclamer de l'argent ? Mais ton père n'en a pas, tu le sais. Ces ennuis l'épuisent, il en a même perdu l'appétit ; lui, naguère si bon vivant, n'a pas dû avaler plus d'un petit bout de fromage et trois biscuits depuis trois jours ! Rends-toi compte, Dove !

Soudain, tout courage l'abandonna, et, s'affalant sur sa chaise, elle se mit à sangloter.

— Je me fais tant de souci pour lui, ma chérie ! Par bonheur, te voilà arrivée ! Peut-être trouveras-tu une solution à nos problèmes. Nous sommes trop vieux pour endurer tous ces tracas et n'aspirons plus qu'à la tranquillité. Nous n'en pouvons plus de ce cauchemar.

Dove tenta de consoler sa mère ; après force tasses de thé et de multiples encouragements, elle lui promit à plusieurs reprises de s'occuper de leurs difficultés et la persuada de continuer à préparer le repas. A midi et demi précisément, son père fermerait la boutique pour monter déjeuner. Elle devrait procéder habilement et le questionner avec le plus grand tact pour obtenir tous les renseignements relatifs à son exacte situation financière ; sinon, il repousserait toutes ses velléités de conseils. Selon l'avis de son père, en effet, les femmes ne devaient-elles pas se cantonner dans un rôle purement décoratif ou presque ? Un homme se révèle dans les difficultés, aimait-il à répéter, sûr de n'avoir jamais été pris en défaut. Il ne faudrait donc surtout pas blesser son amour-propre.

Lorsque Donald Grey pénétra dans l'appartement, tout était prêt, et Dove avait mis la table. Il ne s'aperçut pas immédiatement de sa présence. Jamais sa silhouette grande et large n'avait paru voûtée comme aujourd'hui. Les soucis rongeaient son beau visage fier. Son regard vague découvrit brusquement sa fille, immobile et souriante.

— Dove, mon petit ! Quand es-tu arrivée ? Pourquoi ne m'as-tu pas averti, reprocha-t-il à sa femme ? Tu voulais la garder pour toi toute seule, n'est-ce pas ? fit-il avec un clin d'œil.

— Oh non, bien sûr que non, Donald !

Elle riait, ravie de retrouver quelques signes de gaieté sur le visage tant aimé.

— Elle est arrivée il y a une demi-heure à peine. Je n'ai d'ailleurs pas encore eu le temps de lui demander si elle venait pour une visite éclair ou pour plus longtemps. Mettons-nous à table, nous bavarderons après.

Démentant les propos alarmants de sa femme, M. Grey mangea de bon appétit ; puis il repoussa son assiette, s'adossa à sa chaise et s'adressa à sa fille.

— Maintenant, mademoiselle, je veux tout savoir : tes rapports avec tes employeurs, les enfants dont tu t'occupes ; raconte-nous ?

Il attendait, les yeux rivés au visage de Dove, guettant ses adorables fossettes. Son père la contemplait en souriant lorsqu'elle expliqua :

— J'aimais beaucoup ma dernière patronne. Mais, ne supportant plus d'être éloignée de son mari, elle est partie avec ses enfants le rejoindre en Iran.

— Elle a eu tout à fait raison, approuva sa mère. La place d'une épouse est aux côtés de son compagnon, sur son lieu de travail, avec leurs enfants, si aucun problème de santé ne s'y oppose, bien entendu. Cela m'a souvent culpabilisée de devoir te laisser en pension ici, quand ton père a été muté à Lagos, mais tu étais si fragile à cinq ans ! Le médecin s'était fermement opposé à ce changement de climat pour toi.

Comme d'habitude, lorsqu'on abordait ce sujet délicat, Dove dut la rassurer.

— Mais oui, je comprends parfaitement, maman ; et j'ai de bons souvenirs de ces années-là.

— Et maintenant, coupa son père, que vas-tu faire ?

— Trouver un nouveau travail, annonça-t-elle négligemment, en haussant les épaules.

— Comme cela? souligna le chef de famille en riant. Ne serais-tu pas un peu trop sûre de toi?

— Pas du tout. Actuellement, la demande excède l'offre des emplois de gouvernantes. Peu de jeunes filles désirent s'occuper d'enfants, semble-t-il. Ce n'était pas le cas lors de ma formation.

Visiblement flattée, sa mère se leva pour débarrasser.

— C'est une tâche si féminine, je l'ai toujours pensé. Nous nous sommes demandé très longtemps, ton père et moi, quel métier conviendrait le mieux à une jeune fille très protégée par son éducation. Mais nous avons été ravis de ton choix. Une profession qui demande tant de délicatesse, de sensibilité...

Dove protesta énergiquement.

— Mais tu ne te rends pas compte, maman! Les enfants sont très précoces, aujourd'hui. Parfois même, de véritables pestes! Tu n'imagines pas ce que je peux parfois entendre! Enfin, assez parlé de moi, à votre tour, maintenant.

Elle fixa son père.

— Dis-moi, comment marchent les affaires?

Le visage de ce dernier s'assombrit. Il fit mine de se lever en regardant sa montre. Mais, prévenant son geste, sa femme lui offrit d'aller ouvrir la boutique à sa place.

— Reste donc bavarder avec Dove, ajouta-t-elle avant de sortir, laissant son conjoint surpris et mal à l'aise.

Résolue à ne plus tergiverser, la jeune fille s'approcha gentiment de lui, posa la main sur son épaule et demanda calmement :

— Combien dois-tu payer aux impôts, papa, et pourquoi le paiement n'a-t-il pas été effectué?

Les traits du vieux monsieur se figèrent ; il retrouva le regard autoritaire d'un officier toisant un insoumis. Cependant, Dove ne baissa pas les yeux ; alors, il se laissa aller contre le dossier de sa chaise, comme un simple soldat fatigué.

— Dès le début, je me suis refusé à payer une certaine taxe au profit du gouvernement. C'est tout à fait injuste, c'est un vol diabolique de notre temps libre, en sus de la tâche quotidienne.

Le ton monta.

— Et lorsqu'ils ont imposé la taxe, ils ont même eu l'audace de m'envoyer un fonctionnaire pour m'apprendre à tenir mes comptes ! Naturellement, tu imagines comment je l'ai reçu !

Il fulminait ; ses yeux étincelaient de colère.

— Je n'ai jamais réclamé aucune aide de personne ; ne peut-on me laisser m'occuper de mes affaires tout seul, et subvenir ainsi à nos besoins ? Ni ta mère ni moi ne convoitons le luxe, ou les restaurants prestigieux, ou les voyages — nous en avons tellement fait autrefois ! Nos goûts restent simples et les revenus de la boutique nous suffisent. Nous menions une vie agréable jusqu'au passage en janvier, de cet inspecteur venu réclamer les arriérés de la taxe des années précédentes. J'ai vainement tenté de m'en débarrasser, il est revenu à la charge. Constamment en butte à son insistance, j'ai fini par négliger le magasin, tu t'en es certainement rendu compte. Bref, j'étais persuadé d'être la victime d'une erreur administrative, la somme exigée était tellement exorbitante !... Jusqu'au moment où j'ai reçu cette lettre.

De sa poche intérieure, il sortit une feuille de papier et, silencieusement, la tendit à Dove. Impressionnée par l'en-tête officiel, elle lut le message tapé à la machine. Elle pâlit avant même d'arriver à la fin. La menace dépassait toutes ses craintes. Les observations dansaient sous ses yeux : manque de coopération — refus flagrant d'acquitter ses arriérés — ordre de remettre l'affaire entre les mains de la justice !

— Va-t-on mettre sous scellés la maison et la boutique, les mettre en vente ?

La voix généralement forte et pleine d'assurance de son père tremblait. Suffoquant presque, Dove secoua la tête.

— Nous ne les laisserons pas en venir à cette extrémité, s'écria-t-elle. Ce n'est pas possible ! J'irai les voir pour leur proposer d'échelonner les paiements.

Elle calculait déjà les économies réalisables, chaque mois sur son salaire. Avec un travail d'appoint, et en réduisant les dépenses au maximum, elle arriverait sûrement à doubler le montant du petit pécule amassé auparavant.

Son sourire se voulut rassurant.

— N'aie aucune crainte, papa chéri. A nous deux, nous parviendrons certainement à liquider cette dette. Quel en est le montant exact ?

Mais sa réponse la pétrifia.

— Combien dis-tu ?

Son regard implorait un autre chiffre.

— Dix mille livres, sinon, ta mère et moi nous retrouverons sans toit ni moyens de subsistance.

Quel choc ! Comment une gouvernante pouvait-elle espérer rassembler une somme d'argent aussi considérable ? Même avec la meilleure volonté du monde, et des mesures de restriction draconiennes, cela lui demanderait au moins dix ans ! Elle se sentait écrasée. Pourtant, elle essaya désespérément de trouver une planche de salut. Elle se rappela alors les informations données par Jennifer Pedder, une amie d'enfance, sur les fortunes offertes à des jeunes filles anglaises travaillant au Moyen-Orient. Il ne s'agissait pas de fables. Hôtesse de l'air, Jennifer elle-même recevait des pourboires royaux de certains magnats du pétrole parmi ses passagers. Selon Jennifer, quelques-unes de ses camarades avaient même été plus gâtées encore. Pour avoir accepté d'accompagner un jeune et riche arabe dans un restaurant élégant, et tendu une oreille attentive à l'écoute de ses problèmes, l'une d'entre elles avait reçu un bracelet d'une valeur de trois cents livres.

— Un bracelet de trois cents livres pour si peu de chose ! s'était exclamée Dove, mettant en doute la véracité de tels propos.

— Elle ne se vante pas à mon avis. Etant donné la facilité avec laquelle les cheiks gaspillent leur argent, je n'ai pour ma part aucun mal à la croire, avait expliqué son amie.

— Papa...

Dove avala sa salive.

— Sais-tu si Jennifer Pedder est là ?

— Quoi ? Qui cela ?...

Profondément perdu dans ses pensées, il se fit répéter la question.

— Ah oui ! Ton amie d'enfance ! Eh bien, oui, je lui ai même parlé la semaine dernière. Elle doit rentrer fréquemment chez ses parents, l'aéroport est à moins de trente-cinq kilomètres d'ici. Pourquoi ne pas lui téléphoner ?

— Quelle bonne idée ! J'y cours. Rassure-toi, reprit-elle en passant près de son père.

Elle lui tapota gentiment la joue.

— Descends rejoindre maman pour lui donner un coup de main dans la boutique. Inutile de broyer du noir tout seul ici.

Elle hésita une seconde, puis continua prudemment :

— Je ne veux pas t'en dire davantage, pour ne pas te donner de faux espoirs, mais je crois avoir découvert la solution à nos problèmes. Rien de bien précis encore, ajouta-t-elle en le voyant relever précipitamment la tête, juste une lueur entrevue à l'horizon.

Jennifer était chez elle. Enchantée de reconnaître

la voix de son amie au téléphone, elle lui proposa de passer la voir.

— Je prends un bain de soleil dans le jardin, nous pourrions bavarder un moment, reprit-elle chaleureusement.

Dix minutes plus tard, Dove garait sa voiture devant la maison des Pedder. Elle pénétra dans le jardin, longea une allée bordée d'arbres et découvrit au milieu d'une pelouse son amie en bikini, paresseusement allongée sur une chaise longue.

— C'est merveilleux de se retrouver enfin !

Jennifer se releva et alla à la rencontre de Dove tout en continuant de parler.

— Nous nous sommes manquées plusieurs fois, nous ne nous sommes pas revues depuis si longtemps ! Un an, peut-être, non ?

— A peu près, en effet.

Dove sourit en tirant un transat à l'ombre.

— La chaleur me rend malade, expliqua-t-elle à Jennifer étonnée.

— Je te plains. Moi, je l'adore.

Elle s'étira voluptueusement, comme un chat.

— Cela vaut mieux, d'ailleurs, puisque je vis la plupart du temps sous des climats tropicaux.

— Je sais. C'est d'ailleurs la raison de ma visite. Je suis venue te demander ton avis.

— A moi ?

Incrédule, Jennifer secoua sa chevelure auburn.

— La raisonnable Dove prenant conseil auprès d'une écervelée comme moi ?

— Ne dis pas de bêtises. Tu aimes jouer les évaporées, mais je te connais.

— C'est vrai. Sous mes apparences frivoles se cache une femme de tête qui a su mener sa barque en ce bas monde ! Cela dit, comment puis-je t'aider ?

Néanmoins, devant le sérieux inaltérable de son amie, l'expression de Jennifer redevint grave. L'heure ne semblait pas au badinage.

— Quelque chose te tourmente ? demanda-t-elle doucement.

Dove hésitait, cherchant ses mots, ce qui inquiéta un peu sa compagne. N'avaient-elles pas depuis toujours échangé toutes sortes de confidences ?

— Te rappelles-tu m'avoir parlé de nos compatriotes allant chercher fortune au Moyen-Orient ? Jennifer, j'ai besoin d'argent de façon urgente. Il me faut dix mille livres précisément. Mais je n'arriverai jamais à mes fins en restant ici. Alors, je me suis souvenue de tes histoires sur les émirs arabes, leurs largesses à l'égard de leurs employées. Je suis actuellement sans travail, si tu pouvais me dire la voie à suivre pour en obtenir un au Moyen-Orient, tu m'aiderais infiniment. Sans me vanter, j'ai des références ; d'ailleurs, les gouvernantes anglaises sont très appréciées.

Jennifer était trop éberluée pour répondre. Inutile de demander à Dove l'utilité d'une telle somme. Des rumeurs diverses circulaient dans le village ; la situation financière de Donald Grey alimentait depuis des semaines les conversations. Comptable, le père de Jennifer s'était même montré cinglant et dur, contrairement à son habitude.

— Les hommes qui tentent de transgresser la loi sont des imbéciles, avait-il déclaré sentencieusement. Evidemment, tout le monde est tenté de s'en prendre à l'injustice de notre fiscalité et de la refuser, mais on finit généralement par se rendre en payant. Sauf Donald Grey, cependant. Fidèle à son tempérament autoritaire, il a décidé tout seul de tenir tête à l'Inspection des Finances ; sa situation s'est inévitablement dégradée. Il a l'âge de la retraite, mais n'a pas l'air de s'en rendre compte. Si seulement il avait pris un employé ou un gérant plus qualifié pour faire face aux complications de la gestion actuelle.

La gravité de sa position échappa alors totalement à Jennifer. A présent, il s'agissait d'autre chose :

trouver calmement les arguments susceptibles de détourner Dove de ce projet insensé.

Posément, elle prit la parole, mais l'inquiétude perçait dans son regard.

— Je ne t'ai pas raconté d'histoires. Les cheiks du désert recherchent de jeunes Anglaises qualifiées et leur versent des salaires fabuleux, jusqu'à dix mille livres par an, je crois. Des appartements luxueux sont mis à leur disposition dans des palais, parfois des domestiques, et même... des gardes du corps armés !

Elle avait atteint son but : les pupilles de Dove se dilataient de frayeur. Alors, Jennifer insista :

— Et la vie n'est pas toujours rose, là-bas ! Une agitation politique constante sévit dans le monde arabe. Du jour au lendemain, un prince peut être déchu, les risques sont perpétuels... pour lui et toute sa maisonnée... y compris la gouvernante anglaise ! Alors, Dove, je t'en prie, abandonne cette idée.

— Mais pourquoi ne pourrais-je affronter cette situation, quand d'autres le font ?

Pour la première fois depuis le début de leur conversation, Jennifer ne put réprimer un sourire.

— Enfin, tu ne vas pas comparer !

— Explique-toi ! commanda Dove sur un ton sec. Je suis célibataire, majeure, en bonne santé, et jardinière d'enfants hautement qualifiée. Alors, pourquoi ne conviendrais-je pas, dans ces conditions ?

Jennifer résolut donc d'être brutale. Quittant sa chaise longue, elle se plaça en face de Dove et l'interpella avec franchise :

— Je vais te le dire. Parmi les filles qui ont accepté ces emplois, je me suis fait quelques amies ; j'ai longuement réfléchi sur leur mépris du danger. Téméraires par-dessus tout, certaines se sont entraînées au tir, car il faut être prêt à tout, même à tuer, au Moyen-Orient. Tu n'as rien de commun avec elles, Dove !

Elle se tut quelques secondes, puis poursuivit :

— A la vérité, tu n'es pas armée pour la lutte. Déjà vieux à ta naissance, tes parents t'ont élevée dans un cocon. Tu es le type même de la fille unique, surprotégée. A cinq ans, ils t'ont envoyée dans un pensionnat tenu par des vieilles filles qui vivaient en dehors de la réalité. Et si ton père et ta mère t'autorisèrent à passer tes vacances chez moi, je ressentis toujours leur désapprobation pour mes manières frivoles. Leur air scandalisé quand ils apprirent ma décision de devenir hôtesse de l'air, je me le rappellerai longtemps ! Avoue-le, toi aussi tu aurais aimé être hôtesse de l'air, n'est-ce pas, Dove ? J'en suis sûre, insista-t-elle sur un ton de défi féroce. Si tu as choisi d'être gouvernante, c'est seulement pour ne pas décevoir les espoirs de tes parents, admets-le. Voilà pourquoi tu es restée aussi naïve que les enfants dont tu t'occupes !

Défiant son amie, elle se mit debout.

— Je suis désolée si je t'ai fait de la peine, mais c'était dans ton intérêt.

— Oh, assieds-toi et n'en rajoute pas, je t'en prie.

La réponse tranquille de Dove fit plus d'effet sur son interlocutrice que n'importe quel éclat. Soudain dépitée, celle-ci s'agenouilla par terre et arracha des brins d'herbe.

— Tu m'en veux beaucoup ? implora-t-elle.

— Pas du tout. Tu as parfaitement raison. Mais écoute-moi, maintenant. Jusqu'à aujourd'hui, je suis restée en dehors de la réalité, tu l'as clairement remarqué. J'ai vingt et un ans ; pourquoi me blâmer de vouloir justement échapper à cette vie terne, routinière, et abandonner mon rôle de spectatrice ? Même au prix du danger, j'aurais au moins l'impression de vivre sans subir l'ennui de journées identiques. Jamais encore je n'ai eu le courage de changer mes conditions d'existence ; à présent, les circonstances me mettent au pied du mur et m'obligent à précipiter un changement que je désire vraiment. Alors, Jennifer, acceptes-tu de m'aider ou serai-je contrainte de rechercher ces adresses par mes propres moyens ?

Jennifer avait le souffle coupé. A sa grande surprise et malgré elle, elle l'admira.

— Tu m'as accusée de poser, tu as eu cette audace ! Et toi alors ? Ta réserve apparente cachait donc une ardente soif de vivre ! Tu as beaucoup plus de cran que moi, finalement ! avoua-t-elle en riant.

Puis elle retrouva son sérieux.

— Toutefois, ton projet me paraît toujours aussi insensé. Sans mon assistance, tu t'égarerais dans quelque agence peu sérieuse ; aussi vais-je tout de même te venir en aide. Je connais une adresse tout à fait recommandable.

Elle se releva promptement, troublée par la résolution de Dove, mais son amitié fut la plus forte.

— Je cours à la maison pour rechercher les renseignements avant de changer d'avis, expliqua-t-elle avec un clin d'œil.

2

L'agence des gouvernantes de Chatsworth se situait dans une rue étroite du West End de Londres. En reconnaissant la plaque, Dove s'arrêta et hésita au pied de l'escalier, les yeux fixés sur une flèche indiquant la direction du bureau. Elle avait quinze minutes d'avance. Attendrait-elle dehors ? Une bourrasque la décida ; légère, elle monta, sûre de ses compétences professionnelles dont témoignaient ses nombreuses références. Néanmoins, son cœur se mit à battre plus rapidement à l'approche de la porte vitrée. Derrière elle commençait un autre monde, celui des voyages et du dépaysement. Que de merveilles en perspective !

Une jeune réceptionniste leva les yeux de sa machine à écrire pour accueillir la jeune fille.

— Je m'appelle Dove Grey.

Elle haussa la voix pour masquer son émotion.

— Mon rendez-vous est seulement dans un quart d'heure, mais il fait si froid dehors ! Puis-je attendre ici ?

— Je vous en prie, Miss Grey, asseyez-vous, répondit la secrétaire en lui désignant une chaise capitonnée de cuir rouge. Je vais avertir Mme Todd de votre arrivée, mais elle ne vous recevra sûrement pas maintenant car elle doit voir un autre client auparavant, reprit-elle aimablement.

Un coup d'œil à sa montre lui fit froncer les sourcils.

— Il a déjà cinq minutes de retard. Puis-je vous offrir un café pour vous faire patienter ?

— Avec plaisir, accepta Dove en s'installant.

Elle semblait parfaitement calme dans son ensemble gris et blanc.

Soudain, la porte s'ouvrit brutalement ; comme une tornade, un homme entra et traversa la salle sans un regard à Dove. Celle-ci frissonna à son passage. Il s'arrêta un instant devant la porte du bureau et se contenta de toiser la réceptionniste, de façon impérieuse.

— Vous pouvez y aller, monsieur Blais, Mme Todd vous attend, prononça-t-elle docilement.

Quand la haute silhouette eut disparu derrière la porte, la secrétaire s'adossa contre sa chaise et confia naïvement à Dove, stupéfaite :

— Cette pauvre Mme Todd ne dort plus depuis huit jours ! Il lui a envoyé une lettre exigeant — vous entendez ! — exigeant un rendez-vous. C'est notre client le plus difficile ; les six gouvernantes que nous lui avons adressées n'ont pas tenu leur poste plus d'un mois, continua-t-elle, sans pitié pour son interlocutrice.

— Ah vraiment ? répliqua froidement cette dernière, sur un ton tout à fait désapprobateur.

L'imprudente le sentit, rougit et reprit son travail sans autre commentaire.

Manifestement, elle était vexée, mais si elle voulait continuer ce métier, il lui faudrait progresser rapidement dans l'art de la discrétion, pensa Dove en réprimant un sourire. Toutefois, elle avait éprouvé un élan de sympathie en voyant l'effroi de la jeune fille devant l'arrivant. Elle n'avait certes pu distinguer les traits de cet homme, mais il avait produit sur son esprit une impression violente par son impatience contenue et son autorité brutale. Autre chose, de plus difficile à cerner, se dégageait de lui : une sorte de fureur, peut-être ; celle d'une bête sauvage emprisonnée...

Perdue dans ses pensées, Dove feuilletait distraitement un magazine mais elle s'arrêta soudain, car le ton montait derrière la vitre. Elle vit un bras de la haute silhouette chercher la poignée, entrebâiller la porte ; à ce moment lui parvint une voix forte récapitulant ses critiques acerbes contre l'infortunée Mme Todd.

— Si je suis venu ici, madame, c'est pour la réputation de votre agence, la meilleure, paraît-il !

Le ton était glacial, incisif.

— A six reprises, vous l'avez mise en défaut. Six fois, vous m'avez envoyé des filles ineptes, sans caractère, plus incompétentes les unes que les autres ! Toutes incapables de la moindre initiative ! Aucune ne méritait de s'occuper de deux enfants aussi intelligents ! Bel échantillonnage de gouvernantes, en vérité ! Et maintenant, madame, vous aggravez votre cas en m'insultant... Vos insinuations sont scandaleuses ! Comme si la responsabilité n'incombait pas à votre équipe, mais à l'employeur !

Son timbre devint sarcastique :

— Je me demande d'où vous vient votre témérité ?

— C'est bien simple, monsieur, j'ai toujours aimé la franchise.

Dove faillit applaudir aux paroles mesurées de la directrice. Apparemment, elle n'avait pas l'intention de se laisser écraser par l'arrogance de son client.

— En dix-huit mois, vous avez transformé six de mes meilleures employées en épaves. Je n'ai pas l'intention de vous laisser continuer ainsi. Mon agence est connue dans le monde entier, énonça-t-elle avec orgueil. De partout, les personnalités les plus importantes se bousculent à ma porte pour rencontrer de jeunes gouvernantes pourvues des plus hautes qualifications, nécessaires à l'éducation de futurs princes, hommes d'état ou géants industriels ! les Anglaises satisfont particulièrement leurs exigences de loyauté, car ils peuvent faire confiance à la solidité de leurs principes et à leur intégrité remarquable. Je pourrais vous citer tant d'exemples d'employeurs reconnaissants. Il n'est pas rare de les voir récompenser ces jeunes filles par des bijoux de très grande valeur. L'une d'elles, malade, a même été rapatriée à Londres en jet, en première classe, et remise aux soins des spécialistes les plus éminents, dans une clinique luxueuse. On les traite comme des princesses ; elles séjournent dans les palaces internationaux. Ma liste d'attente est longue : un magnat du pétrole texan, un champion de course automobile suisse, un prince européen comptent sur mes gouvernantes. Vous payez généreusement, monsieur, je l'admets, plus qu'aucun de mes clients, mais même pour le double je ne vous enverrais plus aucune de mes employées !

Se sentant du côté de la courageuse Mᵐᵉ Todd, Dove s'attendait à voir sortir du bureau un homme vaincu. Quelle ne fut pas sa stupéfaction d'entendre retentir la voix autoritaire de cet imposant personnage.

— Involontairement, vous avez précisément mis le doigt sur la plaie. Vos employées se sont laissées corrompre par la cupidité. En arrivant, elles s'attendent à rencontrer des Rudolf Valentino chevauchant dans le désert leurs blancs étalons. Mais elles déchantent vite : la majorité des Arabes conduisent des Cadillac, les femmes de votre pays ne les intéressent pas. Quant à vos gouvernantes anglaises, bon débarras, madame Todd ; à l'avenir, je me fierai à mon propre jugement et j'engagerai une française, sensible et intelligente.

Les lèvres serrées, il tourna les talons et porta sur chacune des trois femmes un regard infiniment méprisant qui éveilla en elles une sorte de fureur impuissante.

La porte claqua ; médusées, elles gardèrent le silence quelques secondes. Enfin, la secrétaire explosa :

— Pour qui se prend-il ?

La question appelait une réponse de la femme svelte et énergique qui se tenait à la porte de son bureau. Faisant un visible effort pour se ressaisir, elle intervint vivement :

— Cela suffit, Sandra.

Puis elle se tourna vers Dove :

— Je suis désolée de vous avoir imposé cette scène, Miss Grey, cela doit vous donner une très mauvaise impression de ma maison. Ce n'est pourtant pas la réaction habituelle de nos clients, je vous assure. Donnez-vous la peine d'entrer dans mon bureau, nous verrons si nous pouvons nous entendre, ajouta-t-elle, encore troublée.

Maintenant, assise derrière une table couverte de piles de lettres, elle semblait se calmer. Seule, sa coiffure, légèrement dérangée par une main agitée dans le feu de la discussion, témoignait du choc récent. Elle chercha dans ses papiers la missive de la jeune fille.

— Eh bien, Miss Grey, d'après ces renseignements, vous avez toutes les qualifications, et davantage !

Elle esquissa un sourire d'encouragement en direction de son interlocutrice, mais il s'effaça lorsqu'elle remarqua l'expression de son regard gris. La directrice se leva, puis changea d'avis et se rassit.

— Ma chère, cette scène désastreuse vous a marquée plus que je ne l'aurais cru. Vous vous demandez si tous mes clients ressemblent à M. Blais ? Croyez-moi, s'il en était ainsi, je fermerais boutique à l'instant même !

Le visage de Dove s'éclaira un peu.

— Je ne suis pas choquée, Mme Todd, un peu effrayée seulement ; j'ai horreur des querelles.

Tout en parlant, elle se demandait elle-même pourquoi les faits et gestes d'un inconnu l'affectaient autant. Fille d'un ancien officier, elle avait été habituée à l'obéissance ; la tranquillité de sa vie en famille, les maisons aisées où elle avait travaillé, tout cela l'avait tenue à l'écart des abus de violence. Quoi d'étonnant si cette scène l'avait déconcertée ? Quel barbare ! Comment pouvait-on encore réagir ainsi ?

— Je comprends vos sentiments, acquiesça Mme Todd, les disputes sont très désagréables, mais pour être tout à fait juste envers M. Blais, je devrais vous expliquer le contexte dans lequel il vit. Peut-être lui trouverez-vous des circonstances atténuantes...

— Comment ? Vous l'excuseriez ?

— Et vous aussi sûrement, si vous me laissez vous exposer les faits.

Malgré le mouvement d'impatience de la jeune fille, Mme Todd continua comme si de rien n'était :

— Les reproches les plus fréquents à son sujet concernent son sens trop strict de la discipline ; pourtant cette qualité, parmi d'autres, est essentielle à la réussite de son rôle exessivement important et parfois dangereux ; il est chargé d'assurer la sécurité de l'un des hommes les plus fortunés du monde et de ses enfants.

Dove ne put retenir une exclamation de stupeur.

— Le cheik Rahma ben Jabir est le chef de la plus noble famille de Neffe, pays que la découverte du pétrole a placé au premier plan mondial par sa richesse. Or, l'opulence des uns suscite toujours la jalousie des autres. Voilà pourquoi Neffe est devenu l'un des points chauds du globe. Les complots d'assassinats y sont monnaie courante, les cheiks succèdent aux cheiks, les frères aux frères même.

24

Vous le voyez, M. Blais n'a pas forcément une tâche très enviable.

Elle reprit en main la demande d'emploi de son interlocutrice.

— Nous avons perdu suffisamment de temps avec ce monsieur ; revenons à l'objet de votre démarche.

Dove dut faire un effort considérable pour chasser de son esprit l'évocation de cette vie exotique et se concentrer sur ses propres affaires. Mais elle se reprit rapidement et fournit des réponses concises et professionnelles aux questions de Mme Todd. Après quinze minutes d'un interrogatoire intensif, la directrice lui demanda ses références, les lut très attentivement avant de se détendre enfin.

— Je dois bien sûr contrôler ceci, dit-elle en montrant les lettres ; pure formalité, je n'aurai aucun mal à vous trouver une situation intéressante. Sir Joshua Arcourt, par exemple, proposa-t-elle en fouillant dans ses dossiers, recherche une gouvernante et ne cesse de m'importuner depuis des semaines. Aimeriez-vous partir au service de l'un des ambassadeurs les plus éminents de notre pays ?

— Mais, c'est-à-dire…

Dove avait oublié de préciser la condition sine qua non !

— Je voudrais partir à l'étranger, au Moyen-Orient de préférence, exposa-t-elle.

Bouche-bée, Mme Todd la fixa, abasourdie.

— Au Moyen-Orient ? Vous ? Ma chère enfant, savez-vous bien tout ce que cela implique ?

— Non, probablement, admit la jeune fille. Néanmoins, je tiens à y aller.

— Mais pourquoi ? Avec toutes vos références, je pourrais vous laisser le choix entre une demi-douzaine de postes prestigieux dans ce pays-même.

— Si je désirais rester ici, reprit l'obstinée, je n'aurais pas eu besoin de faire appel à vos services. Un grand nombre de personnes très en vue m'ont priée de travailler pour elles, mais, pour des raisons personnelles, je préfère l'étranger.

Elle s'était exprimée posément, sans vanité.

— Par « des raisons personnelles »… dois-je comprendre « pour de l'argent ? » questionna Mme Todd sèchement.

— Entre autres, oui, avoua Dove en rougissant.

La déception se lisait sur le visage de la femme. Rassemblant ses papiers, elle les fixa avec un trombone.

— Dans ce cas, Miss Grey, il est inutile de prolonger cet entretien. Je suis désolée, mais je ne puis vous être d'aucune aide.

Dove sursauta :

— Mais pourquoi ? Puisque vous avouez manquer de gouvernantes expérimentées ?

— Pourquoi ? Je vais vous le dire. Je dois vous donner l'impression d'être une femme d'affaires avec tout ce que cela implique, et ce n'est pas tout à fait faux. Mais je ne veux pas me tourmenter à votre sujet pendant des mois, ni prendre la responsabilité d'envoyer au Moyen-Orient une innocente telle que vous ! Attendez ! ordonna-t-elle en voyant Dove protester. Je n'oublie pas votre bouleversement devant l'attitude de M. Blais ; mais, même sans cela, mon intuition me suggérait de refuser votre requête. De toute façon, Miss Grey, je vous ai vue vous effondrer pour des mots qui ne vous étaient même pas adressés ! Ecoutez-moi bien : tous mes clients de ces pays-là ne sont pas comme M. Blais, mais il est représentatif. Dans ces contrées, les hommes méprisent souverainement les femmes. Peut-être aurez-vous du mal à le croire, mais chez les plus vieux surtout, celui qui n'a pas de fils est plaint comme s'il n'avait pas d'enfants, même s'il est encombré d'une kyrielle de filles !

Dove fit un effort pour dissimuler le tremblement nerveux de sa voix.

— Je ne suis pas la première à vouloir partir ; certaines ont réussi à surmonter de tels obstacles, pourquoi pas moi ? Je cherche seulement du travail.

— Ce n'est pas moi qui vous aiderai à le trouver.

Se levant alors, la directrice de l'agence contourna le bureau et tendit sa main, non sans une certaine tristesse.

— Au revoir, Miss Grey. Si jamais vous changez d'avis, faites-moi signe. Et si, malgré mes avertissements, vous persistez dans ce projet insensé, je ne peux que vous souhaiter bonne chance, vous en aurez besoin !

Refermant la porte du bureau, Dove ressentit durement son échec. Certes, Mme Todd s'était montrée plutôt gentille, mais un congédiement aussi abrupt la blessait. La réceptionniste remarqua l'émotion de la jeune fille, son air découragé et lui exprima toute sa sympathie.

— Vous n'avez pas obtenu satisfaction ? Ne vous tourmentez pas, il existe d'autres agences. On ne réussit pas toujours du premier coup !

Ses conseils semblaient bien banals, mais elle n'en avait cure et poursuivit :

— Voyez le bon côté des choses ! Ainsi vous êtes sans travail. Mais vous ne subissez pas la férule d'un M. Blais, au moins ! Je plains sincèrement tous ceux qui doivent travailler pour lui. Même le personnel de l'hôtel Dorchester poussera un soupir de soulagement lorsqu'il partira, croyez-moi !

Dove la remercia d'un sourire et quitta l'agence. Sur le trottoir, elle hésita. Elle ne savait plus quoi faire. L'horaire de son train lui laissait encore du temps devant elle. Si elle avait obtenu un emploi, elle avait projeté de passer le reste de l'après-midi à faire les magasins, rechercher des vêtements légers pour climats chauds... Mais maintenant, à quoi bon ? Elle se sentait déprimée, accablée.

Le bon côté des choses ? avait déclaré la secrétaire

de l'agence. Quel bon côté ? Pouvait-elle fermer les yeux et se laver les mains du sort de ses parents âgés ? Ils seraient inexorablement chassés de leur maison, privés de leurs moyens d'existence, si elle ne trouvait pas de travail suffisamment bien rémunéré pour éponger ce gâchis financier.

— Oh, Seigneur ! souffla-t-elle dans son col, en fermant plus étroitement son manteau face au vent glacial.

« Pourquoi n'ai-je pas obtenu cette place ? Jamais encore je n'avais réalisé à quel point j'ai besoin de changer de décor, de climat, de m'éloigner des caprices d'un printemps qui n'en finit pas de venir »...

Elle marchait à bon pas pour se réchauffer.

« J'aurais accepté n'importe quoi... Même de travailler pour ce Français tyrannique. Suffoquée d'avoir pensé cela, elle s'arrêta, mais trop brusquement car le passant qui la suivait la bouscula.

— Oh, pardon !

— Je vous en prie, c'est de ma faute, bégaya-t-elle en réponse à la gentillesse de cet homme.

Souriant, il continua son chemin. Comme il aurait souhaité avoir trente ans de moins, pour partager l'optimisme et la bouffée d'espoir qui se reflétaient sur le visage de cette délicieuse jeune fille...

3

Dove héla un taxi, indiqua sa destination au chauffeur, puis s'effondra sur le siège arrière. A ce moment-là seulement, elle tressaillit d'appréhension.

Energiquement, elle se reprit. Pourquoi pas, après tout ? Cela valait la peine d'essayer. « Il recherche une gouvernante, moi du travail ! Au pire, il me jettera dehors. »

Le taxi mit un temps infini à se frayer un chemin dans les embouteillages. Lorsqu'il atteignit le Dorchester, la jeune fille trouva son initiative follement audacieuse. S'efforçant de ne pas trembler, elle paya le chauffeur, pénétra dans l'hôtel et se dirigea tout droit vers la réception.

— Je voudrais voir M. Blais, s'il vous plaît, exposa-t-elle à l'homme qui se tenait là.

— Qui dois-je annoncer ? demanda-t-il aimablement, regardant avec intérêt le petit visage décidé dont les yeux gris reflétaient l'émotion.

— Dites-lui...

Elle eut un éclair d'inspiration :

— Je viens de la part de l'agence de gouvernantes Chatsworth, il me recevra certainement.

Le jeune homme fut déçu. Un visage et une silhouette aussi séduisants auraient dû appartenir à un mannequin, au moins !

— Très bien, je vais vous annoncer.

En montant au dernier étage, elle éprouva un léger malaise : était-ce nerveux ou tout simplement normal, dans cet ascenseur silencieux et rapide ?

« Au moins, M. Blais a su trouver l'argent là où il se trouvait », pensa-t-elle en ricanant vaguement. En réalité, ses jambes se dérobaient sous elle lorsqu'elle parvint enfin devant l'entrée de cette suite occupée par le redoutable Français. Avant de frapper, elle respira profondément et attendit, tendue par l'anxiété.

Elle se tenait là, l'oreille aux aguets et la tête presque contre la porte, lorsque celle-ci s'ouvrit brusquement ; brutalement projetée dans la pièce, la jeune fille faillit perdre l'équilibre. Elle se sentit tout à fait ridicule en se redressant, prête à s'excuser ; mais son regard rencontra d'abord la riche soie rouge d'une imposante robe de chambre qui n'en finissait plus.

— Qui êtes-vous ?

Abrupte, la question fusa ; enfin, Dove découvrit les traits de son vis-à-vis. Elle se souvenait seulement d'une haute silhouette solidement charpentée, à l'allure militaire, et d'une voix cassante et sévère. Si elle avait vu son visage plus tôt, jamais elle n'aurait trouvé l'audace de venir... Il fallait en effet une bonne dose de sang-froid pour affronter cette figure ténébreuse, taillée à coups de serpe. Son œil de faucon, le pli railleur de sa bouche et la profonde cicatrice entaillant sa joue et son menton n'étaient pas faits pour rassurer.

— Je... Je... balbutia-t-elle, la gorge nouée de peur.

De son regard perçant, il la toisa.

— Je vous connais, mademoiselle ? Ah oui, il me semble bien vous avoir aperçue tout à l'heure, à l'agence ! dit-il en claquant des doigts.

Dove ne put réprimer un sursaut.

— Ainsi, Mme Todd a changé d'avis ? J'en étais

sûr ! Les Anglais feraient n'importe quoi pour de l'argent. Ne restez pas ici bêtement, entrez, nous allons discuter.

En passant devant lui, la jeune fille jeta un coup d'œil rapide autour d'elle ; elle remarqua des quantités de lettres répandues par terre et sur le bureau, un porte-documents ouvert bourré de courrier, une tasse de café à moitié vide sur une petite table. Une veste de costume gisait, abandonnée sur le dossier d'une chaise, mais il ne fit aucun effort pour la ranger ni pour s'excuser de son désordre. Inquiète, elle se raidit lorsqu'il lui indiqua une chaise. Il se dégageait de cette pièce une impression maussade de laisser-aller qui confirmait le ton de sa voix, froide et sèche.

— Mme Todd a dû, bien sûr, vous donner tous les renseignements nécessaires, mais au risque de répéter ses propos, je préfère vous expliquer moi-même la situation. J'ai entendu trop de récriminations, par le passé ; les gouvernantes ont prétendu ne pas savoir à quoi elles s'étaient engagées au moment de signer leur contrat pour Neffe. Je tiens donc à dissiper tout malentendu à ce sujet. D'abord, il n'y a ni bars, ni night-clubs, ni salles de bal. Vous habiterez un palais en plein désert, gigantesque et ultra-moderne, pourvu de tout le confort désiré. Les Neffettis se conduisent comme des nouveaux riches, vous comprenez. Ils ressemblent à des enfants livrés à eux-mêmes dans un magasin de jouets : ils veulent tout à la fois. Il semblerait plus logique de construire de telles demeures dans des endroits plus civilisés, mais les Arabes s'enorgueillissent de l'austérité du désert. Entre parenthèses, ils forment une race terriblement fière, extrêmement consciente de sa noblesse, vous savez. Alors, fidèles à leurs traditions, ils édifient leurs nouveaux palaces dans un isolement altier. Puis ils font venir les artistes les plus connus pour la décoration intérieure : ils dépensent des sommes extraordinaires pour entasser la plus étonnante collection de bric-à-brac. Néanmoins, certains magnats du pétrole commencent enfin à se conduire de manière responsable en s'occupant du sort des nécessiteux — et Dieu sait s'ils sont nombreux, même à Neffe ! Aujourd'hui, les cheiks sont très soucieux du développement de l'éducation ; ils désirent faire acquérir à leurs enfants les bonnes manières et ce raffinement auquel les Anglais attachent tant de prix. Ce qui explique votre présence ici, mademoiselle. Votre tâche réside en cela : transformer deux petits sauvages, héritiers de longues générations de nomades, en enfants modèles.

Le ton dédaigneux de ses paroles provoqua l'indignation de son interlocutrice.

— Pourquoi ne pas engager une Française puisque vous méprisez tellement les Anglais ?

La moue de ses lèvres s'accentua.

— Sur ce point, le cheik demeure inflexible. Depuis l'époque de la première reine Elizabeth, les Britanniques exercent une grande influence sur les Neffetis. Tels des gamins impressionnables, ceux-ci n'ont pas tardé à imiter les manières les moins louables de leurs soi-disant supérieurs. Comme je vous l'ai déjà dit, les Arabes sont incroyablement affectés, et cette fixation au modèle anglais est devenue caricaturale.

Dove eut une envie folle de gifler sa bouche déplaisante à toute volée. Mais l'enjeu était trop important, aussi se maîtrisa-t-elle prudemment, décidant d'ignorer les sarcasmes de cet homme cynique.

— Je n'ai pas encore eu le temps de vous expliquer, commença-t-elle. Mme Todd m'a dit...

— ... de réclamer de meilleurs gages ? l'interrompit-il désagréablement. Très bien, je vais les augmenter. Habituellement, nous versions un salaire de dix mille livres par an ; si j'y ajoute mille livres, cela vous suffira-t-il ?

L'offre lui coupa le souffle. Onze mille livres pour

une seule année de travail ! Mais, pour une telle somme, elle était prête à tout ! Quel bonheur d'annoncer à ses parents que tous leurs problèmes étaient résolus. Déjà, elle se sentait merveilleusement soulagée, comme si on lui avait ôté des épaules un énorme poids. Et c'était grâce à cet homme !

Elle cherchait des mots pour le remercier, mais le regard métallique de son interlocuteur brisa tout son élan. Elle y lisait un tel dédain... Les larmes lui montèrent aux yeux et le rouge aux joues, car elle se rappelait les paroles hurlées dans le bureau de Mme Todd : « Quant à vos gouvernantes, bon débarras. » Il les accusait même de cupidité...

Heureusement, une saine colère balaya tous ses scrupules : elle était venue avec des intentions honnêtes, prête à expliquer franchement son besoin désespéré de travailler ; pourtant les préjuqés injustes de M. Blais libéraient sa conscience. D'ailleurs, il n'aurait probablement pas voulu croire son aveu.

— Merci de votre générosité, monsieur, fit-elle en prenant sur elle. Naturellement, j'accepte, mais...

Son courage faiblit.

— A une condition.

Il fronça les sourcils et la regarda avec hauteur :

— Vous avez de la chance d'être dans une position forte, mademoiselle. Quelle condition ?

— De... de recevoir un an de salaire à l'avance, réussit-elle à articuler, la gorge serrée.

Un silence glacial s'installa. Il la couva d'un regard sombre, les bras croisés sur la poitrine, dans l'attitude d'un calife impérieux prêt à juger une esclave irrévérencieuse. Celle-ci aurait voulu s'enfuir, mais elle restait clouée à sa chaise.

— Aucune gouvernante ne m'a jamais demandé plus d'un mois d'avance, lança-t-il finalement. Comment être sûr de vous garder, ensuite ?

— Je peux vous le promettre solennellement ? proposa-t-elle dans un souffle.

— Mon Dieu ! s'exclama-t-il, abasourdi par tant de naïveté.

Tout espoir menaçant de disparaître, elle plaida sa cause avec l'énergie du désespoir :

— Je m'y engagerai par écrit. Croyez-moi, je signerai n'importe quoi, je ferai ce que vous voudrez !

Immédiatement, elle prit conscience de son erreur ; elle venait de lui révéler à quel point elle tenait à cette place. Une lueur de satisfaction s'alluma dans ses yeux ; il daigna esquisser un sourire.

— Le feu couvait donc sous la cendre ! Cette froide réserve anglaise cachait une nature plus véhémente !

Il fit la moue, puis continua ainsi, à la grande surprise de Dove :

— Très bien, jurez-moi de rester à mon service au moins un an, et je vous remplis à l'instant un chèque de onze mille livres. Vous me vendez une année entière de votre vie !

Bravement, elle accepta ce marché méphistophélique.

— C'est entendu, monsieur.

Sans hésiter davantage, il s'approcha de son secrétaire, prit vivement son chéquier et se mit à écrire. Le bruit de la plume grattant le papier énerva la jeune fille, mais elle ne broncha pas lorsqu'il le lui tendit.

— Voilà le prix de votre servage, mademoiselle...

— Grey. Miss Dove Grey.

Elle le remercia. Humiliée par ce marché et désireuse d'en finir au plus vite, elle se prépara à partir.

— Un moment ! l'arrêta-t-il sur un ton impératif. Votre passeport est valide, je présume.

Elle acquiesça.

— Bon, vous trouverez dans cette enveloppe tous les renseignements concernant les vaccinations et autres formalités. Pour tout le reste, vous pouvez vous en remettre à moi. J'ai l'intention de rejoindre Neffe dans une semaine ; serez-vous prête ?

— Certainement. Je peux acheter tous les vêtements dont j'ai besoin en une journée.

— Le cheik préfère les gouvernantes en uniforme.

— Evidemment, répondit-elle, rouge d'indignation. Je n'imaginais pas exercer autrement mes fonctions. Mais j'aurai probablement quelque temps libre ?

— Du temps pour mettre le grapin sur un riche mari, sans doute, suggéra-t-il d'une voix traînante.

— Du temps pour me familiariser avec un pays nouveau, rétorqua-t-elle vivement. Pour récupérer après un travail exténuant ; car, ne vous y trompez pas, monsieur, ce n'est pas une tâche facile et je m'en acquitte toujours le plus consciencieusement possible.

— En effet ! Vous ne vous êtes même pas donné la peine de me questionner sur vos obligations, enchaîna-t-il sèchement.

— Est-ce vraiment capital ? demanda-t-elle, affolée. Elle s'était effectivement montrée négligente. Sans conteste, elle subissait de rudes coups depuis le début de cet entretien, mais cela n'excusait en aucune manière son oubli.

— Pour satisfaire une éventuelle curiosité d'ici votre départ, on ne sait jamais, laissez-moi ajouter ceci, déclara-t-il sur un ton sarcastique. Vous devrez vous occuper de deux enfants : l'aînée, Bibi, est une fille de six ans, son frère Salim en a trois. La famille du cheik se compose aussi de sa femme, Mariam, et de nombreux cousins, nièces et neveux. De toute façon, étant chargée de veiller sur les enfants, le reste de la maisonnée ne vous concerne pas.

Comme s'il lui avait signifié son congé, elle se leva pour partir.

— Eh bien, au revoir monsieur, et merci. Je

reviendrai dans une semaine exactement. A quelle heure ?

— Sept heures du matin, décida-t-il sans hésiter. Pour un long voyage en avion, je préfère partir très tôt.

S'il espérait une quelconque réaction de sa part, il fut déçu. Habituée de longue date aux caprices cruels des enfants, Dove avait renoncé à y prêter la moindre attention.

Elle atteignait la porte, lorsqu'une fois encore, il l'appela, d'une voix grave et sérieuse.

— Une dernière recommandation, Miss Grey !

— Oui ? répondit-elle, avec lassitude.

Elle se sentait exténuée, comme après une tâche éreintante.

De son regard d'acier, il la scrutait à l'autre bout de la pièce. Certes, il allait l'insulter, mais cela ne l'empêcha pas de jeter sur elle un œil moqueur avant de proférer les paroles suivantes :

— Une condition, encore, à respecter. Même si je vous plais beaucoup, vous ne devez sous aucun prétexte tomber amoureuse de moi, dit-il en appuyant sur chaque mot. Toutes celles qui vous ont précédée m'ont fait les yeux doux ; j'ai dû supporter leur présence importune, leurs simagrées, et leurs larmes finalement lorsqu'elles m'ont forcé à la franchise la plus brutale. Si le même processus se reproduisait pour la septième fois, je ne le tolérerais pas, vous voilà prévenue !

Abasourdie, Dove n'en croyait pas ses oreilles ; puis, elle réussit à balbutier :

— Croyez-moi, monsieur, inutile de me mettre en garde ; je ne cours aucun risque d'être séduite !

Et, se préparant à partir, elle répéta en détachant chaque syllabe :

— Absolument aucun risque !

Tout étourdie encore par cet affront, elle se retrouva dans la rue. « Cet homme est fou », décréta-t-elle. Son manque de sensibilité, sa rudesse, le désignaient tout à fait comme le garde du corps idéal d'une famille exposée au danger, mais visiblement, cette activité lui avait tourné la tête.

Elle n'était plus d'humeur à faire les magasins, aussi erra-t-elle sans but, essayant de mettre un peu d'ordre dans ses pensées, avant de reprendre le train. Confortablement installée sur la banquette, elle imaginait la soirée qui l'attendait avec ses parents, plus particulièrement le moment où elle exhiberait fièrement ce chèque de onze mille livres. Enfin le visage de son père se détendrait, un sourire illuminerait celui de sa mère...

Mais les choses ne se passèrent pas exactement comme elle l'avait pensé. Ils étaient assis devant la cheminée ; les jambes étendues devant lui, Donald semblait accablé de fatigue. Sa femme tricotait, distraite, semblait-il : elle n'arrêtait pas de compter ses mailles, sans doute avait-elle du mal à se concentrer. Renonçant à sa mise en scène triomphale, Dove tira le chèque de sa poche et le tendit à son père avec un naturel feint.

Il le prit en grognant et leva la tête pour examiner le papier. Alors il hoqueta de surprise ; instantanément, les aiguilles de sa femme cessèrent leur cliquetis : elle attendit ses commentaires avec curiosité.

— Comment diable as-tu fait ? commença-t-il, en fixant sa fille. D'où vient tout cet argent ? Tu n'as pas fait une bêtise, au moins ?

Lorsque sa mère eut pris connaissance du montant, elle pâlit ; Dove crut qu'elle se trouvait mal.

— Onze mille livres ! Mais comment ?...

Confondue, elle cherchait une explication.

Jouant le détachement, Dove répondit avec un rire moqueur :

— C'est seulement une avance d'un an sur mon nouveau travail ! Une concession de mon aimable employeur soucieux de se garantir mes services.

— C'est vraiment très gentil de sa part !

Il était si facile de duper sa mère, que cela en était pathétique !

Il en allait tout autrement avec son père. Il l'interrogea vivement :

— Et comment s'appelle ce patron ? Sans doute l'Aga Khan ?

— Presque ! s'exclama-t-elle avec un clin d'œil en s'efforçant de garder un ton désinvolte.

Elle voulait à tout prix cacher à la perspicacité de son père, ce sentiment de panique qui s'emparait d'elle à la seule mention du nom de son nouveau patron.

— Pour le moment, c'est le cheik Rahma ben Jabir qui m'a engagée, par procuration, pour m'occuper de ses enfants, Bibi et Salim, exposa-t-elle, enjouée.

— Un cheik ?

Sa mère criait presque.

— Le Moyen-Orient !

Son père bondit.

— Ma chère petite, lis-tu quelquefois les journaux ? On annonce chaque jour des escarmouches entre factions ennemies, des tentatives d'assassinats, toutes sortes de manifestations de violence.

— Il y a là sûrement beaucoup d'exagérations, s'empressa de répliquer Dove. Tu me l'as souvent fait remarquer, il faut relativiser les informations données par les media, souvent gonflées par la presse à sensation. On monte en épingle de simples incidents pour ajouter du piquant aux nouvelles les plus ternes.

— Tu parles comme une enfant, rétorqua-t-il gravement, une enfant ignorant tout des événements du Moyen-Orient. La plupart du temps, tes explications se justifient, mais lorsqu'il s'agit de situations potentiellement explosives, les communiqués agissent plutôt comme un détonateur mettant le feu aux

38

poudres. Je suis désolé, Dove, il retrouvait l'autorité de son ancien métier, mais je te défends de travailler dans des conditions aussi dangereuses.

Sans hésitation, il lui rendit le chèque.

— Renvoie cet argent immédiatement, avec un mot d'excuse au cheik pour les ennuis causés par ta décision impulsive.

— Je n'ai pas été reçue par le cheik lui-même, corrigea-t-elle alors, mais de toute façon, tous les préparatifs sont prêts. Même si je le voulais, je ne pourrais pas revenir sur ma parole.

— Vraiment ! explosa son père, l'œil étincelant de colère. Si tu n'as pas le courage de dire à ces gens : « J'ai changé d'avis », je le ferai à ta place. Donne-moi une adresse où les joindre.

— Non, papa !

Jamais de sa vie, la jeune fille n'avait tenu tête aussi résolument à ses parents.

— J'ai consenti à prendre cet emploi, j'ai même accepté une avance d'un an de salaire, je respecterai donc mes engagements. Si ma détermination te tourmente, j'en suis navrée, car tu m'as appris à toujours tenir mes promesses.

— Mais, ma chérie, essaye de comprendre dans quel état nous nous trouvons !

Pour la première fois depuis le début de cette discussion, sa mère intervenait, d'une voix chavirée.

— Tu es notre unique enfant. Plutôt affronter les conséquences d'une faillite que le cauchemar de te savoir constamment menacée.

Dove passa un bras autour des épaules de sa mère et la serra contre elle.

— Débarrasse-toi de cette crainte, maman. Je serai tout à fait en sécurité avec M. Blais veillant sur la maison du cheik.

— Marc Blais ? interrogea vivement son père.

— Le connais-tu, papa ?

La voix de Dove reflétait sa surprise.

— J'en ai entendu parler.

Les sourcils froncés, il se rassit, essayant de se souvenir.

— Dans l'armée, son nom est synonyme de courage, de grande bravoure. Quand j'ai entendu parler de lui pour la première fois, il était officier dans la Légion Etrangère. Lors d'une folle équipée dans le désert, il avait secouru un officier de la torture et d'une mort presque certaine, en l'arrachant aux mains de renégats arabes. On lui avait remis la croix de la Légion d'Honneur en récompense. Je ne me rappelle pas exactement le détail de l'histoire. D'autre part, l'officier enlevé, excellent ami de Marc Blais, devait être également le fils d'une influente famille arabe, ce qui pourrait expliquer sa présence actuelle à Neffe.

Dove fronça son nez d'un air ennuyé.

— La Légion Etrangère n'est-elle pas composée d'hommes fuyant la justice, leurs ennemis ou seulement la responsabilité d'une femme et d'enfants ?

Son père se mit à rire ; pour une raison mystérieuse, il paraissait beaucoup moins inquiet.

— Dans quel roman as-tu glané une vision des choses aussi romanesque ? la taquina-t-il. En réalité, la Légion n'est plus un ramassis d'inadaptés et d'aventuriers ; ses recrues sont choisies parmi l'élite de la jeunesse. Entraînés dans de rudes conditions à une stricte discipline, ils deviennent des hommes capables d'endurer les pires situations, dans la jungle ou dans le désert ; ils sont connus pour leur combativité exemplaire. Je dois l'admettre, Dove, me voilà beaucoup plus rassuré de te savoir sous la sauvegarde d'un ancien membre des Régiments Etrangers. Leur infaillible volonté de lutter contre l'adversité se révèle en toute occasion, ils n'hésitent pas à aller jusqu'au bout.

Malgré la chaleur douillette de la pièce, elle frissonna. Au lieu de la rassurer, comme il en avait certainement eu l'intention, Donald avait redoublé les angoisses de sa fille. En dépit du témoignage élogieux de son père, la Légion lui restait suspecte, une formation barbare, dont la cruauté devait se retrouver dans chacun de ses membres... Sans doute honteux de sa réputation, le gouvernement français avait-il entrepris de la réhabiliter par une campagne de publicité? L'opération s'était donc révélée efficace : même son père, généralement digne de crédit, s'y était laissé prendre. Mais elle, qui venait de se heurter à l'une de ces fameuses recrues, renoncerait difficilement à son premier sentiment : les hommes de la Légion venaient tous de taudis, de prisons ou de camps de réfugiés, elle en demeurait persuadée. Ils se battaient, non pour la France à laquelle ils ne se sentaient pas soumis, mais pour des raisons plus sordides. C'étaient seulement des mercenaires. Si ces soldats étaient prêts à tout pour de l'argent, les officiers qui les commandaient devaient se montrer cent fois plus impitoyables encore !

Elle savait peu de choses des légionnaires, mais gardait farouchement tous ses préjugés. Quelle arrogance l'uniforme octroyait-il à toutes ces têtes brûlées !

Par une morne journée tout à fait accordée à l'humeur de M. Blais, Dove découvrit le jet privé qui les emmènerait à Neffe. Il la fit monter à bord, la traitant ni plus ni moins comme ses bagages, puis s'installa sur un siège loin d'elle avant de se plonger dans l'étude d'un dossier extrait d'une serviette pleine à craquer.

Lorsque les moteurs se mirent à tourner, elle se sentit extrêmement nerveuse. La gorge serrée, elle observa les champs, les maisons et les haies formant un damier, loin au-dessous d'elle ; puis, l'avion prit de la vitesse et elle ferma les yeux. Inquiète, mais résolue à cacher à la brute insensible qui l'accompagnait ses impressions de néophyte, elle se replia dans un silence pesant.

Après un moment qui lui sembla très long, elle se força à regarder ; éblouie, elle vit une mer de nuages cotonneux, et juste au-dessus, le ciel d'un bleu intense.

Jamais elle n'aurait pu soupçonner cela en traversant la piste d'envol balayée par le vent au départ.

— Vous êtes verte, annonça une voix moqueuse. Vous trouverez un sac en plastique dans la pochette, devant vous. N'hésitez pas à en prendre un, si vous êtes malade.

— Je ne suis pas malade, merci tout de même, répondit Dove un peu sèchement.

Heureusement, le visage de son compagnon reprit vite son masque d'indifférence ; il retourna à ses papiers et elle se détendit enfin, soucieuse de goûter pleinement cette nouvelle expérience. A partir de ce moment, sa vie s'ouvrait sur des promesses d'aventure, rompant avec la routine. Elle devrait savoir s'adapter, physiquement et mentalement, à tout ce qu'on exigerait d'elle.

Durant les cinq heures du vol, elle se tourna une seule fois vers lui ; un regard insistant lui avait semblé se fixer durement sur elle. Mais sans doute son imagination travaillait-elle beaucoup trop car elle n'avait pu le surprendre autrement qu'absorbé dans ses papiers. Elle s'efforça alors de s'intéresser au magazine posé sur ses genoux. Mais elle était trop perturbée pour se concentrer. Les remords la tenaillaient ; si seulement elle ne s'était pas conduite malhonnêtement, en affirmant venir de la part de Mme Todd, elle ne courrait pas le risque de voir la supercherie découverte par cet homme effrayant !

Un jeune steward arabe lui servit un repas, accompagné d'un café absolument délicieux présenté dans une tasse à moka. N'ayant rien avalé depuis le souper de la veille, elle mangea avec appétit un pamplemousse juteux, de croustillantes tartines beurrées et toute une assiettée d'œufs au bacon avec des saucisses. Lorsqu'elle vit M. Blais refuser tout sauf le café, sa propre gourmandise lui fit honte. « Il serait ravi de le savoir ! » maugréa-t-elle, tout en piquant une fourchette agressive dans un morceau de saucisse. « Il doit avoir la sobriété du chameau ! » continua-t-elle avec humeur pour elle-même.

Elle s'efforça d'oublier sa présence importune, termina son café et ferma les yeux, s'obligeant à dormir. Elle venait de vivre une semaine épuisante : les magasins, les visites de dernière minute à ses amis, des lettres à écrire, bref, tous les préparatifs nécessaires à cette année d'exil. Elle avait donc très peu dormi et glissa très vite dans un sommeil réparateur ; pendant ce temps, l'avion sortit des nuages, dans une lumière aveuglante. Entre deux rêves, Dove s'éveillait, mais elle n'arrivait pas à fixer son attention, tellement les rayons réfléchis sur l'aile argentée étaient éblouissants.

— Vous dormez du sommeil du juste, Miss Grey, risqua une voix ironique.

Immédiatement sur la défensive, elle riposta :

— Pourquoi n'aurais-je pas la conscience tranquille ?

Elle entendait déjà les battements sourds de son cœur : s'il nourrissait déjà quelques soupçons à son égard, il ne lui laissait aucune chance !

— Les Anglaises ont un point commun avec leurs sœurs arabes, énonça-t-il d'une voix traînante. Toutes mettent en avant leur innocence. Cependant, les femmes du harem doivent subir le châtiment de leurs méfaits, elles ne l'ignorent pas.

— Un châtiment ? Mais de qui ?... bredouilla Dove.

— De leur seigneur et maître, bien sûr.

Les sourcils arqués de M. Blais marquaient une feinte surprise.

— Il vaut mieux pour moi ne pas en avoir, alors, rétorqua-t-elle âprement.

— Mais, vous en avez un ! Ne m'avez-vous pas vendu vos services pour une année et n'ai-je pas payé le prix fort ? En fait, Miss Grey, vous m'appartenez.

— C'est ridicule ! balbutia-t-elle. Comment pouvez-vous parler de marché à notre époque ?

Pour la première fois depuis le début de la conversation, son visage s'éclaira d'un bref sourire mais de dérision. Repoussant ses dossiers, il exposa avec emphase :

— Chaque pas supplémentaire dans le désert nous

éloigne d'un siècle de civilisation. Dans les villes et leurs faubourgs, se manifestent quelques signes de décadence : des femmes arabes habillées par Dior passent leur temps à poser dans des cocktails sans fin, jouent au golf, apprennent à monter, singeant les occidentales. Pourtant, elles restent pathétiques, prisonnières du luxe et de la solitude ; malgré leurs pitoyables tentatives pour se libérer, la religion musulmane leur interdit à jamais l'égalité avec les hommes, et elles ne l'oublient pas. Le statut modeste de la femme n'a-t-il pas été annoncé par le prophète lui-même, puisqu'il a dit : « Je me tins à la porte du paradis, et ceux qui y vivaient étaient principalement des pauvres. Je me tins à la porte de l'enfer, il était surtout peuplé de femmes ! » D'ailleurs, selon les arabes, Allah a fabriqué la femme à partir d'une côte difforme d'Adam ; elle se casserait si l'on essayait de la redresser ou resterait tordue s'il ne l'avait transformée. Alors, vous voyez, Miss Grey, vous pouvez oublier pour un an toutes vos théories sur l'égalité des sexes. Car, dès le moment où vous foulerez le seuil d'une maison arabe, vous serez rabaissée à la plus humble condition : celle de la femme de votre hôte. Elle n'est pas toujours autorisée à manger en même temps que son mari et commence après lui, sauf si c'est le bon plaisir de son maître.

Elle aurait voulu crier, le prier de donner l'ordre de retourner en arrière, mais, ne faisait-il pas exprès de l'effrayer ? Courageusement, elle ravala ses sanglots et tenta de se maîtriser. Il ne devait pas soupçonner son affolement ; cruellement, il guettait le moindre signe de réaction en elle. Elle l'imaginait facilement dans l'exercice de son autorité, faisant marcher sur des kilomètres ses légionnaires tout harnachés, lourdement équipés, sous le soleil brûlant du désert ; donnant l'ordre à ses sergents de harceler les éventuels traînards et de continuer à faire avancer les hommes coûte que coûte, malgré leur épuisement. Probablement cherchait-il à appliquer à la lettre le slogan de la Légion : « Marche ou crève », mais avec quelle férocité ! Fixant les traits toujours implacables de son vis à vis, elle comprit ceci : cet ancien légionnaire était dénué de compassion, et loin de regretter d'imposer la discipline, c'était un homme de devoir.

L'avion atterrit sur une piste privée, au beau milieu du désert, dans un étonnant paysage primitif de sable et de pierres. Au-dessus, à perte de vue, un ciel de plomb, écrasant... Quittant l'air conditionné de la cabine, elle suffoqua à la porte de l'appareil. C'était l'heure la plus chaude de l'après-midi. Elle avait l'impression de passer directement d'une douche glacée à une fournaise.

En un rien de temps, elle atteignit la Land-Rover qui les attendait ; trempé, son corsage léger lui collait à la peau, encombrant comme un manteau de fourrure en plein été.

M. Blais s'était débarrassé de son pardessus ; parfaitement à l'aise sous ce climat, il portait un léger costume de toile grise, agrémenté d'une superbe cravate violette. Il s'assit à côté d'elle et ordonna sèchement au chauffeur de partir.

Vers quelle destination ? A travers la brume de chaleur, Dove ne voyait aucun indice d'habitation. La voiture suivait une sorte de piste, marquée de traces de pneus, qui semblait se dérouler sans fin comme un serpent jusqu'à l'horizon.

— Pourquoi la piste d'envol n'a-t-elle pas été construite près du palais ? hasarda-t-elle finalement.

Le visage impénétrable, il ne bougea pas. Préoccupé, il scrutait le panorama et semblait déchiffrer des signes visibles pour lui seul. Néanmoins, il daigna finalement lui expliquer, s'adressant à elle comme si elle avait huit ans !

— Cela nous a paru plus pratique de la construire

à mi-chemin du palais et de l'installation de l'équipe d'exploitation des puits de pétrole.

Il lui jeta un coup d'œil, et l'air épuisé de sa voisine l'exaspéra prodigieusement.

— Ciel ! Vous n'allez pas vous plaindre, j'espère ! Les Anglais sont toujours en train de se lamenter, même en voyage, comme si tout devait être parfait — le confort, la nourriture, les moyens de transport ! Votre race aurait-elle toujours droit aux meilleures choses, par hasard ? Et, dans ce cas, pourquoi cette faveur spéciale ?

Quel souverain mépris pour le peuple de Dove ! En tout autre circonstance, elle se serait vigoureusement défendue ; mais un secret instinct lui conseillait de tenir sa langue. Comment une pauvre colombe désarmée aurait-elle pu tenir tête à ce vautour ?

Elle ressentit un indicible soulagement en voyant se profiler des contours à l'horizon. De loin, cela ressemblait à un mirage ; mais, petit à petit, elle reconnut toute une construction aux formes étonnantes : des domes, des tours, des encorbellements sculptés au dernier étage. Un mur immense, épais entourait ce palais des mille et une nuits.

Le gardien leur ouvrit immédiatement les grilles de fer forgé ; puis ils longèrent de luxuriants massifs de tamaris et des palmiers. Des allées bien tenues donnaient sur des pelouses, menaient à des fontaines. Dove devina même au loin, la mosaïque bleue de la piscine. Elle en croyait à peine ses yeux. Le contraste entre l'écrasante chaleur et la fraîcheur de cette verte oasis la troublait. Elle n'eût pas été davantage surprise de découvrir, quelque part dans le domaine, une station de sports d'hiver enneigée avec ses remonte-pentes !

La voiture s'arrêta au pied d'un perron de pierre et M. Blais la fit entrer. Comme s'il avait lu dans ses pensées, il confirma d'une voix sévère :

— Le cheik dépense sans compter. Il possède sept

somptueuses résidences, mais préfère celle-ci. Tout a été aménagé avec le plus grand luxe. Les salles de réception peuvent accueillir trois cents personnes ; chacune des innombrables chambres à coucher est équipée de tout le confort moderne et une télévision à circuit fermé est installée partout. Il a même arrangé un terrain de golf, non pour lui, parce qu'il ne joue pas, mais seulement pour le plaisir de ses amis.

Un terrain de golf dans ce désert brûlant !

Ils pénétrèrent dans ce palais féérique aux plafonds sculptés, peints en bleu, pourpre et or ; dans le hall de marbre rose, au centre de la fontaine, des brassées de fleurs remplaçaient les jets d'eau. De chaque côté, les volées d'escaliers étaient recouvertes d'épais tapis cramoisis. Des tables d'ivoire et d'ébène s'alignaient le long des murs lambrissés, dans lesquels de petites niches abritaient tout un assortiment de vases et d'ornements précieux. A l'extrémité de la pièce, se dressait un dais couvert de tentures ; à côté, s'étalait un divan profond plein de coussins. Il était adossé à une grande fenêtre composée comme un vitrail formant un motif floral de toutes les couleurs ; le soleil y faisait jouer toute une symphonie de bleus, verts, mauves et jaunes sur le marbre du sol.

Le Français marchait à vive allure ; Dove essayait de le rattraper et faillit le bousculer lorsqu'il s'arrêta brusquement pour se tourner vers elle. Réfracté par le vitrail, un rayon de soleil illuminait les cheveux de la jeune fille, auréolant son visage d'un joli ton de champagne rosé.

A ce moment, un épais rideau de velours se souleva et, sans se faire voir, un homme fit un pas dans la pièce. Il s'immobilisa, en contemplation devant Dove. Ignorant l'attention aiguë dont elle était l'objet, celle-ci promenait autour d'elle un regard à la fois éberlué et ravi.

— Petite rose des sables ! murmura-t-il, admiratif.

Plaisir inégalable de mes yeux, fraîche et fragile apparition !

Dove n'entendit rien, mais vit soudain les pupilles de M. Blais se rétrécir, ses mâchoires se raidir. Cherchant la cause de son déplaisir, elle recula soudain devant la convoitise d'un regard hardi dardé sur elle.

— Bonjour, Marc !

Instantanément, changeant d'expression, l'homme avait pris un ton courtois.

— Bonjour, Zaïd, répondit gravement Marc Blais, en inclinant la tête.

L'antagonisme des deux hommes éclatait tangiblement. La jeune fille frissonna ; ce nouveau venu aux traits flasques et aux mains grassouillettes et douces lui inspirait du dégoût ; ses yeux libidineux lui faisaient horreur.

Mais Zaïd attendait manifestement les présentations.

— Et vous vous appelez ?...

Il lui tendit la main à la manière occidentale, et, malgré sa répugnance, Dove lui effleura le bout des doigts.

— Miss Grey, qui nous a fait l'honneur d'accepter le poste de gouvernante des enfants, annonça M. Blais.

Médusée, Dove avait du mal à en croire ses oreilles. Celui-ci continuait pourtant :

— Miss Grey, permettez-moi de vous présenter Zaïd, le frère cadet du cheik Rahma.

— Vous êtes anglaise ?

Zaïd sourit lorsqu'elle hocha la tête.

— Vous avez beaucoup de goût, Marc.

Puis il s'adressa à Dove :

— Ne le laissez pas vous chasser d'ici comme les autres gouvernantes dont la beauté sans voiles et les tenues audacieuses ont égayé la vie dans ce palais, hélas, trop peu de temps...

Heureusement, l'interrompant brusquement, Marc Blais mit fin à l'embarras de la jeune fille.

— Où se trouve le cheik Rahma ? Nous devons discuter de beaucoup de choses. Comme il connaissait ma date d'arrivée, je pensais qu'il m'attendrait peut-être.

Son interlocuteur haussa les épaules.

— Vous ne l'ignorez pas, mon frère préfère les plaisirs aux affaires. En ce moment, il est tout à son dernier jouet : un cheval de race dont lui a fait cadeau le souverain d'un état voisin. Sans aucun doute, ce dernier attend une ou deux Cadillac en échange, et les recevra sûrement d'ailleurs. Mais dites-moi, enchaîna-t-il sur un ton vif, avez-vous réussi à acheter des armes ? Tout ce dont nous avons besoin ?

— Le résultat de ces transactions ne vous regarde pas. Plus tard, si votre frère y consent, vous serez mis dans la confidence, mais vous ne me tirerez pas les vers du nez.

A ces paroles cinglantes, des éclairs de fureurs passèrent dans les yeux de Zaïd. Fascinée, un peu effrayée, Dove observait cet homme ulcéré qui avait tant de mal à cacher sa colère. Si M. Blais était un faucon du désert, en revanche celui-là était un vrai renard, rusé, perfide, sournois. De plus, il avait sûrement un esprit de revanche implacable, elle le sentait.

Instinctivement, elle choisit de se mettre sous la protection du faucon et fit un pas vers Marc.

La voix tremblante de ressentiment, Zaïd devint menaçant :

— Pour le moment, sale Français, mon frère détient le pouvoir. Mais les émirats sont fragiles et si celui-ci devait tomber, le nouveau dirigeant pourrait bien oublier la dette de mon frère à votre égard.

— J'en suis convaincu, assura l'interpellé d'une voix doucereuse. D'ailleurs, si jamais ce jour arrivait, j'aurais failli à mon devoir envers cet homme dont je me suis engagé à protéger la famille. Mais, croyez-moi, Zaïd, vous n'êtes pas né pour commander.

Son regard méprisant balaya l'Arabe des pieds à la tête.

— Votre corps et votre esprit respirent la mollesse ; aucun Arabe digne de ce nom ne se soumettrait à un homme de paille ! conclut-il, péremptoire.

Lorsque le fulminant Zaïd les eut quittés, sans ajouter un mot, Dove se sentit forcée de protester :

— Etiez-vous obligé de manifester vos sentiments avec autant d'agressivité ? Malgré sa faiblesse, cet homme constitue un ennemi dangereux, n'auriez - vous donc pas pu au moins faire semblant… ?

— Non, mademoiselle, sûrement pas ! Ce n'est pas mon habitude de feindre. Il n'y a pas d'amitié sans confiance, et jamais je ne bâtirai sur des sables mouvants.

De l'extérieur leur parvinrent des bruits de sabots, suivis de diverses exclamations entrecoupées de rires, qui mirent une fin brutale à leur discussion.

— Voici Rahma !

Déjà, Marc Blais s'éloignait à grands pas vers la porte.

— Restez ici ! Juste le temps de le saluer, je reviens dès que possible !

— Bien !

Dove avait vraiment l'impression d'être mise à l'écart ; elle se laissa tomber sur un coussin et se prépara à attendre.

— Que votre volonté soit faite, ô mon maître ! susurra-t-elle en voyant disparaître la silhouette de celui-ci. Puisse Allah prendre pitié de ma gorge desséchée, car vous n'y pensez guère !

Cependant, moins de dix minutes après, il revenait accompagné d'un Arabe, le cheik, selon toute apparence. Les deux hommes traversèrent la pièce, plongés dans une grande conversation. Même à distance, leur amitié se révélait avec évidence. Le cheik avait passé un bras autour des épaules du Français, et il marchait ainsi, le visage tout entier tourné vers lui, manifestant l'affection d'un frère. De haute taille, comme lui, il avait aussi sa minceur. Un regard brun, perçant et ferme, d'épaisses lèvres sculptées, des sourcils broussailleux, tous ses traits composaient une figure à la fois belle et imposante. Il portait un léger manteau fileté d'or sur une tunique ornée de chaque côté, et sur la tête, une étoffe à carreaux rouges, maintenue par une longue et double cordelière noire. Ses bottes de cheval reluisaient, magnifiques ; un collier avec une amulette complétait le portrait. A son doigt, le soleil faisait briller une bague en or, mettant en valeur sa main brune, longue et racée, typique de l'élite arabe.

Lorsqu'ils passèrent devant elle, sans un regard, elle se mit debout rapidement, indignée.

— Je vous demande pardon... commença-t-elle sans achever.

Le regard du cheik se posa sur elle. Trop tard, elle se rappela avoir entendu dire ceci : chez les Arabes, on n'adresse pas la parole à de hautes personnalités avant d'avoir été invité à le faire. Elle rougit, intimidée par les épais sourcils, et éprouva un élan de reconnaisssance envers Marc Blais lorsqu'il vint à sa rescousse.

— Mon Dieu ! Je vous avais oubliée !

A tout autre moment, elle se serait sentie furieuse.

— Rahma, voici Miss Grey, la nouvelle gouvernante des enfants.

Avec courtoisie, le cheik inclina sa noble tête ; elle faillit faire la révérence. Puis, il fronça les sourcils, adressant à Marc Blais un regard de reproche.

— Miss Grey semble épuisée. Tous les Européens ne s'adaptent pas comme vous à notre climat, vous n'avez pas l'air de vous en rendre compte.

Il rit avant de se tourner vers Dove.

— D'ailleurs, ici, nous le considérons comme l'un

des nôtres, il vit parmi nous depuis si longtemps ! Malgré tout le luxe mis à sa disposition, — le croiriez-vous, Miss Grey ? — ce nomade du désert préfère dormir à même le sol de sa chambre, un simple oreiller de sable posé sous la tête !

Elle le croyait bien volontiers, mais, de sa part, la critique aurait peut-être été mal tolérée par l'homme qui contemplait affectueusement son ami. Aussi se contenta-t-elle de sourire, feignant d'être amusée.

Le maître des lieux tapa alors dans ses mains et une servante apparut, sortie d'on ne sait où.

— Du café et des pâtisseries, demanda-t-il.

D'un geste de la main, il dirigea Dove vers le divan.

— Après les rafraîchissements, Miss Grey, puis-je vous suggérer de vous retirer dans l'appartement préparé pour vous ? Vous n'avez rien à faire, aujourd'hui. Naturellement, les enfants attendent impatiemment votre arrivée, mais ils contiendront leur curiosité jusqu'à demain.

Elle le remercia. A ce moment-là arriva le serviteur affecté au service du café. C'était un vieil homme digne, impressionnant, dans une longue robe noire ; d'une main, il portait une grosse cafetière de cuivre au bec recourbé, de l'autre, une série de tasses minuscules et sans anses.

Lentement, il versa une toute petite quantité du liquide odorant dans chaque tasse, et servit ensuite son maître, Marc Blais et Dove enfin.

Sur le divan bas, les jambes maladroitement repliées sous elle, elle enviait l'aisance naturelle avec laquelle les hommes s'asseyaient.

— La cérémonie du café est soumise à des règles, expliqua Marc Blais, en lui offrant un gâteau.

La pâte, fine comme du papier à cigarettes, était gluante de miel et d'amandes.

— Traditionnellement, on vous verse trois tasses de café. Mais, si vous en voulez plus, pas besoin de tendre votre tasse. Lorsque vous en aurez bu suffisamment, il vous suffira de repousser votre tasse et de refuser en hochant la tête, sinon, on vous la remplirait, éternellement.

— Remplie...

D'un air perplexe, elle observa le contenu du petit récipient.

— Pour un Arabe, une tasse pleine constitue une insulte. Buvez le plus vite possible ! répondit Marc Blais.

— Cette coutume ne s'applique pas à vous, la rassura le cheik aimablement. *Ahlan wa sahlan !* Vous êtes la bienvenue !

Et, se remémorant les nombreuses gouvernantes qui l'avaient précédée, il s'enquit avec humeur :

— Marc, vous avez bien fait comprendre à Miss Grey la nécessité de rester ici au moins un an, j'espère ? Ces changements constants finissent par troubler les enfants.

— Elle restera.

Marc Blais fixa la jeune fille d'un œil laconique.

— Miss Grey me le doit, et malgré tous leurs défauts, les Anglais ne se dérobent pas devant leurs dettes.

5

Dans la chambre des enfants, presque tout était bleu, même les tapis, les meubles en miniature, et les rideaux qui bougeaient doucement ; la fenêtre était ouverte, gardée par des barreaux. Une collection de cadeaux coûteux, coquetiers d'argent, cuillers, hochets, bagues d'ivoire, était disposée tout autour des murs sur des étagères.

Dove y pénétra, un peu nerveuse dans sa tenue professionnelle gris pâle, agrémentée d'un col d'organdi blanc ; les enfants levèrent la tête. Ils étaient tous deux habillés à l'occidentale, remarqua-t-elle avec soulagement. Bibi, la fille, avait les yeux bruns, une masse de cheveux sombres, et la moue de ses lèvres trahissait son caractère espiègle. Elle était vêtue d'une robe d'été de coton rose. Salim, un tout petit bonhomme, portait un pantalon bleu et une chemisette blanche.

A l'approche de Dove, une jeune bonne d'enfants se releva, abandonnant le petit train qu'elle remontait pour Salim. Indigné, celui-ci commença à protester ; rapidement, ses cris s'amplifièrent, aigus, aussi insupportables que sa colère. Cette tactique, dont il avait apparemment l'habitude, obtint l'effet requis sur la bonne ; elle se mit à genoux et reprit son occupation. Le cœur de Dove se serra. Le garçon était manifestement gâté, il exigeait toute l'attention et l'on obéissait à son moindre caprice. Même sa sœur, malgré son âge si tendre, semblait résignée à exister dans l'ombre de ce jeune mâle à quatre pattes.

Elle se força à être cruelle. Salim paraissait plein de charme ; c'était un enfant bouclé, d'un naturel gai, mais elle le soupçonnait aussi de vouloir tester les limites des adultes, leur seuil de tolérance. Malheureusement, cette attitude n'était pas l'apanage des enfants orientaux, elle en avait fait l'expérience auparavant. Suivant la ligne de conduite inculquée lors de son apprentissage, elle décida d'appliquer une stratégie qui avait fait ses preuves jusqu'à présent.

Faisant comme si Salim n'existait pas, elle le dépassa et s'avança vivement vers sa sœur. Elle lui tendit la main en souriant gentiment.

— Bonjour, tu t'appelles Bibi, je crois.

En guise d'affirmation, la petite hocha la tête.

— Je suis ta nouvelle gouvernante, Miss Grey. Dis-moi, Bibi, as-tu pris ton petit déjeuner ?

— Non, Miss Grey, Alya nous a dit de vous attendre.

— Alya doit être la bonne d'enfants ?

Dove se retourna et fit un sourire à la jeune fille qui ne savait plus si elle devait se relever ou rester accroupie à côté de Salim.

— Je suis désolée, Alya, de ne pas m'être manifestée plus tôt. J'aurais pu le faire, car je me suis réveillée de bonne heure, mais je ne m'attendais pas à trouver les enfants déjà levés.

— Ici, tout le monde se lève tôt, Miss Grey, pour profiter au maximum des heures fraîches, expliqua timidement la jeune personne. Dans l'après-midi, les petits dorment une heure ou deux, après le repas.

— Merci de me mettre au courant des habitudes de la maison, Alya. Il me faudra faire appel à vous pour régler plusieurs questions encore. Savoir le goût des enfants en matière de nourriture, par exemple, et où ils peuvent jouer. Ils doivent passer une partie de la journée ailleurs, même si le cadre de leur chambre est délicieux. Le décorateur avait une préférence marquée pour le bleu, n'est-ce pas ?

Elle parlait un peu sans réfléchir, espérant une réponse de la part d'Alya. Hors de son champ visuel, elle devinait la mine outragée de Salim, ses lèvres boudeuses ; il devait lutter contre la sensation inhabituelle de rester ignoré.

— Le bleu porte bonheur.

Alya laissa le petit garçon.

— Il est sensé protéger du mauvais œil. Tous les enfants arabes portent des perles bleues, les filles à leurs oreilles ou en bracelets, les garçons cousues sur leurs bonnets. Parfois, même les ânes et les chameaux en ont, enfilées autour de leurs cous ; et si jamais vous visitez un village arabe, vous remarquerez toutes les portes d'entrée peintes en bleu.

— Comme c'est intéressant !

Dove se pencha pour examiner Bibi.

— Où sont donc tes perles bleues ? Je ne vois ni boucles d'oreilles, ni collier, ni broche…

Triomphalement, la petite exhiba un pied, chaussé d'une mule brodée.

— Aujourd'hui, elles sont attachées à mes chaussures !

Salim ne supporta pas plus longtemps l'intérêt porté à une simple fillette. Il se releva promptement, trottina à travers la pièce et s'en vint tirer Dove par un pan de sa jupe.

— Perles…

Il agita un poignet brun encerclé d'un bracelet bleu brillant.

— Salim, perles !…

— Oui, chéri, je vois.

Dove souriait, résistant difficilement à l'envie d'embrasser l'adorable bambin. Sur le même ton, elle suggéra :

— Nous avons fait connaissance, maintenant, si nous allions manger ?

Le petit déjeuner aurait pu être l'occasion d'un beau chahut, si elle n'avait pas été là pour appliquer calmement la même discipline. Tout se passa donc le mieux du monde ; à une seule reprise, elle dut réprimander Salim qui avait renversé du lait par terre Pendant quelques minutes plana la menace d'une colère. Mais Dove sut la prévenir en détournant facilement son attention, et la matinée se déroula sans incident. Alya ne put réprimer sa stupéfaction.

— C'est de la magie, Miss Grey, comment faites-vous donc ? D'habitude, à cette heure-ci, la chambre d'enfants est un vrai champ de bataille. Salim reste irritable et maussade pendant des heures et Bibi n'arrange pas les choses en excitant sa mauvaise humeur.

— Mais que faisaient les gouvernantes précédentes ? Ne pouvaient-elles remédier à tout cela ?

Alya haussa les épaules.

— Au début, elles essayaient bien pendant quelques jours, puis elles semblaient abandonner et finissaient par tout permettre aux enfants. Pour cette raison, la nursery est généralement interdite aux visiteurs, à cette heure-ci. D'ailleurs, même leur mère ne supporte pas le bruit.

— J'allais justement vous en parler.

Machinalement, Dove guida la main de Salim, tenant un pinceau, vers un pot de peinture. En le voyant barbouiller d'une belle tache de jaune son cahier à dessins, elle hocha la tête en signe d'approbation.

— Elle passe probablement une partie de la journée avec ses enfants ? Vient-elle dans leur chambre ou faut-il les amener dans ses appartements ?

— Ils ne la rencontrent pas tous les jours, elle entre en passant, de temps en temps, lorsqu'elle en éprouve l'envie.

Ce qui voulait dire pas très souvent, Dove le devinait. A son avis, la maternité représentait l'un des plus grands privilèges accordés à son sexe. Pourtant, elle l'avait vérifié maintes fois, cet avantage était tout à fait surfait pour certaines femmes. Du reste, si cette sorte de mère n'existait pas, des centaines de gouvernantes, dont elle-même, resteraient sans emploi.

Plus tard, en fin de matinée, elle fut appelée à se rendre dans les appartements de Mariam, la mère des enfants. Elle s'était fait une certaine idée de celle-ci ; mais en pénétrant dans la pièce somptueuse, assombrie par les volets, elle se trouva transportée dans l'ambiance des Mille et Une Nuits. Couchée sur des coussins de soie l'attendait une créature de rêve ; drapé dans une étoffe chatoyante, son corps avait la grâce et la souplesse d'un roseau. Ses boucles brunes tombaient en cascades jusqu'à sa taille, et un grain de beauté attirait l'attention sur sa bouche aux lèvres pleines et rouges. Soulignés par un trait de khol, ses longs cils recourbés adoucissaient le regard de ses yeux en amandes, d'un noir intense et brillant. Dove remarqua encore l'arc parfait de ses sourcils minces, son vaste front et ses doigts petits et fuselés, colorés par le rouge orangé du henné. La femme observa Dove avec un morne intérêt, puis poussa vers elle un tabouret matelassé avant de choisir d'une main gourmande des chocolats dans une boîte immense.

— Asseyez-vous, Miss Grey.

Elle avait la voix nonchalante et rauque.

— Dites-moi, vous avez fait connaissance, maintenant, que pensez-vous de mes enfants ?

Gardant son sang-froid, la jeune fille décida de dire la vérité :

— Ils sont charmants tous les deux, mais un peu gâtés.

Un sourire complaisant ourla les lèvres de Mariam ; elle entama sa friandise avant de répondre :

— Les Arabes passent beaucoup de choses à leur progéniture, cela ne leur fait pas de mal.

Dove avala sa salive avant de rétorquer :

— Je ne suis pas d'accord avec vous. La discipline est aussi indispensable aux enfants que la nourriture. Le laisser-faire entrave tout à fait leur maturité.

La mère reprit avec hauteur :

— Bibi et Salim seraient-ils retardés ?

Dove lui sourit.

— Non, bien sûr. Ils sont tous deux intelligents et très doués. Malheureusement, on leur a permis trop longtemps de satisfaire tous leurs caprices. Cela doit cesser, exposa-t-elle d'une voix ferme. Pour devenir de jeunes adultes stables, il leur faut prendre conscience de la nécessité des lois dans une société autonome et responsable.

— Peuh !

D'un geste de la main, Mariam balaya ce point de vue, puis une fois encore, elle se prépara à affronter le délicat problème du choix d'un nouveau chocolat.

— L'avenir de Salim, c'est de faire des lois, pas de leur obéir ! Quant à Bibi, les règles du harem sont simples et peu nombreuses, conclut-elle en haussant les épaules.

Dove se pencha en avant dans son désir de convaincre.

— Mais, un homme peut-il donner des ordres s'il n'a jamais appris à s'y soumettre ? Et si Bibi décidait de refuser la vie dans un harem ? La libération des jeunes filles arabes a commencé : des écoles, des hôpitaux, des collèges même sont construits par des cheiks progressistes qui recherchent ce qu'il y a de mieux pour leurs enfants. Ainsi donc, à la majorité de Bibi, il sera peut-être devenu très banal pour les filles d'embrasser des carrières de docteurs, d'enseignants, de scientifiques, comme en Occident.

Mariam oublia les chocolats et se mit à considérer Dove avec une lueur d'intérêt dans les yeux.

— Marc avait raison : vous allez droit au but !
Parlez-moi des femmes occidentales. Je n'aimerais
pas forcément vivre comme elles, mais, pour pouvoir
comparer, il me faut en savoir plus.

— Eh bien, commença la jeune Anglaise avec
hésitation, les différences sont si nombreuses... je ne
sais par où commencer. Dans les sociétés occidentales, la femme et l'homme coexistent sur le même pied
d'égalité : d'égalité de chances, de droits vis-à-vis de
la Loi, et de rémunérations à travail égal.

Un frisson parcourut délicatement Mariam.

— Je n'ai aucune envie de travailler comme un
homme.

Elle prit une pose langoureuse avant de continuer.

— La séduction est un art qui prend beaucoup de
temps. Je me sens parfois épuisée par tous les soins
auxquels mon corps est soumis pour le plaisir de mon
époux. Chez vous, comment les femmes font-elles
pour s'occuper à la fois de leurs charmes et de leurs
carrières ?

Dove grimaça un sourire, mesurant pour la première fois toute la distance qui la séparait de cette
beauté de harem.

— Ce n'est pas la même chose, en effet. D'ailleurs, c'est plutôt aux hommes de leur plaire.

Son interlocutrice la fixait, scandalisée.

— Mais si je ne le charmais pas continuellement,
Rahma me rejetterait en faveur d'une autre de ses
femmes !

— Ses femmes ? Combien eh a-t-il donc ?

— Quatre.

Mariam se redressa fièrement.

— Mais je suis la favorite, je suis la seule à lui
avoir donné un fils. Rahma a l'intention de me faire
un autre enfant, bientôt ; si c'est un second garçon,
ma situation s'en trouvera renforcée auprès de lui.

— Et si c'est une fille ?

Son hôtesse fit la moue.

— Je resterai là, mais il divorcera probablement d'une des plus âgées pour prendre une jeune épouse.

Dans sa voix ne perçait aucune amertume, seulement le fatalisme oriental, la soumission naturelle au destin et un manque d'enthousiasme pour le changement qui justifiait la permanence du rôle de l'homme arabe depuis Adam.

— Ne vous sentez-vous jamais lésée ? s'enquit Dove qui tentait de cacher son exaspération.

— Comment passez-vous vos journées ?

La question surprit Mariam.

— Je m'asseois sur ce divan, et lorsque j'en ai assez, je vais à celui-là ! Parfois, Rahma vient me chercher et nous parlons de nos amis ; j'apprends les derniers potins, et discute vêtements en mangeant des douceurs. Les chanteurs et danseurs nous divertissent aussi. J'ai une vie très pleine !

Que répondre à tant de complaisance ? Manquant totalement d'instruction, Mariam ne pouvait apprécier des distractions plus raffinées ou plus intellectuelles. Seuls, les plaisirs des sens étaient à sa portée : manger, s'habiller, bavarder, dormir et rêver des heures durant sur un sofa, provoquer et entretenir le désir de son époux... Et elle appelait cela vivre !

Dove fut heureuse de retourner dans la chambre des enfants pour retrouver une ambiance plus saine. Elle pressa le pas en entendant des hurlements et des pleurs. A mi-chemin, une haute silhouette surgit de l'autre bout du couloir. Ils arrivèrent en même temps devant la porte et elle reconnut alors le visage sombre et irrité de Marc Blais.

— Vous vous conduisez comme les autres, Miss Grey. Vous faites passer vos préoccupations personnelles avant vos devoirs. Si vous avez un tout petit moment, continua-t-il sur un ton sarcastique, pourriez-vous mettre un terme au vacarme infernal que fait régner cet enfant ?

— Mais j'étais chez... commença-t-elle violemment.

— Epargnez-moi vos excuses ! Je les connais déjà. Je veux seulement pouvoir me concentrer sur la montagne de papiers accumulés pendant mon absence. C'est impossible de laisser ce gamin hurler de la sorte. Alors, qu'attendez-vous ? énonça-t-il sèchement à son adresse.

Mais elle était paralysée d'indignation.

— Allez-vous arrêter cette cacophonie ou dois-je intervenir ?

A ce moment-là, une exclamation plus aiguë les assourdit. Ne lui laissant pas le temps de réagir, Marc Blais ouvrit brutalement la porte.

Un vrai capharnaüm s'offrit à leurs regards. Un chahut total régnait ; des taches de peinture de toutes les couleurs avaient été projetées sur les murs ; le verre d'eau dont les enfants s'étaient servi pour rincer leurs pinceaux gisait renversé par terre, son contenu répandu sur une précieuse descente de lit crème et bleu. Prostrée dans un coin, Alya se taisait, complètement dépassée par ces deux jeunes sauvages qui continuaient de se bagarrer à même le sol. Des traces de peinture humide sur les cheveux de Bibi indiquaient une explication possible du conflit, mais Salim, dont l'arrogance paraissait stupéfiante, ne s'attendait manifestement pas à être puni.

— Mon Dieu !

Marc Blais s'avança vers les enfants à grandes enjambées, il les empoigna rudement et les sépara.

— Comment osez-vous vous comporter d'une façon aussi scandaleuse ?

Il secoua les enfants sans ménagement, avant de les relâcher à un mètre l'un de l'autre. Revenant sur ses pas, il les fixa d'un œil sévère et courroucé. Ils ne se permettaient plus un seul geste. Puis, il se retourna et s'adressa à Dove :

— A partir de maintenant, j'exige de vous voir

exercer une discipline plus sévère sur ces chenapans. On a toujours fait preuve à leur égard d'une indulgence coupable. Une partie de votre travail consiste à former leur caractère, vous n'êtes pas sans l'ignorer, je suppose, souligna-t-il avec ironie. Salim sera un jour à la tête de cet Etat.

A son nom, le garçonnet se mit à trembler.

— Comment peut-il espérer diriger une armée si on ne lui a pas appris à se dominer lui-même ? Quant à toi, Bibi, une telle conduite ferait honte à ta mère, déclara-t-il d'une voix plus douce.

En voyant les larmes perler aux paupières de la fillette, Dove enfreignit ses propres principes ; elle s'élança vers les petits pour faire front à leur impitoyable mentor.

— Vous exigez beaucoup trop d'eux, monsieur ! Ce sont des enfants encore, vous leur parlez comme s'ils avaient l'âge de raison. Jeunesse et sagesse ne vont pas ensemble !

Un silence écrasant succéda à ses paroles, rompu après d'interminables secondes par un éternuement d'Alya, toujours recroquevillée dans son coin. Spectatrice fascinée, elle n'avait rien dit de toute cette scène. Les lèvres de Marc se crispèrent. Les yeux rivés sur les mâchoires saillantes de cet homme en colère, Dove s'entendit donner des ordres.

— Premièrement, Miss Grey, vous veillerez au nettoyage de cette pièce. Une heure devrait suffire. Ensuite, je vous attends en bas dans mon bureau.

Les enfants lui manifestèrent leur sympathie en aidant docilement et méthodiquement à effacer les traces de leurs bêtises. Au lieu de réconforter Dove, cette attitude lui donna l'impression de recevoir des condoléances muettes. Leurs coups d'œil mi-effrayés, mi-admiratifs l'agacèrent. Alya n'avait toujours pas desserré les dents, lorsqu'elle confia tout à coup sur un ton terrifié :

— Vous êtes très courageuse, Miss Grey.

Elle frissonna ; visiblement, les conséquences d'une telle bravoure la terrorisaient.

— Mais non ! rétorqua vivement l'interpellée en réprimant soudain une vague d'effroi. M. Blais fait sûrement plus de bruit que de mal.

Mais Alya secoua la tête.

— N'en croyez rien, Miss Grey. Il peut endurer les conditions de vie les plus insupportables, paraît-il. Sa résistance s'est mainte fois trouvée mise à l'épreuve. Quant à son cœur, il est glacé, comme celui du basilic qui a le pouvoir de changer toute créature en pierre. Plusieurs femmes ont tenté de prouver le contraire, elles ont seulement récolté sa colère et ses sarcasmes. Savez-vous ce qui séduit en lui ? chuchota-t-elle, les mains moites. *L'irrésistible fascination du Mal !*

Dove frémit malgré elle. Cet homme avait effectivement l'arrogance du diable, et son visage sombre et racé, sa bouche dédaigneuse, sa large cicatrice battant au rythme de ses passions, conféraient à son visage une séduction satanique qui devait attirer bien des femmes. *Ne tombez pas amoureuse de moi !* l'avait-il prévenue. Beaucoup de femmes avaient dû succomber à ce charme ténébreux, la résignation lasse perçant dans ses propos en témoignait.

Mais comment était-ce possible ? s'interrogeait-elle. Selon son expérience limitée, l'amour était synonyme de dévouement, de tendresse et de respect réciproque, comme le prouvait l'exemple de ses parents. M. Blais l'effrayait tellement !

— Ne fais pas l'enfant, Alya !

Dans sa voix, la peur ressemblait à de la colère.

— Et ne te permets plus ce genre d'observation dans cette chambre !

Inexorablement, l'heure fatale de son rendez-vous arriva. La pièce avait retrouvé son calme et sa propreté, les enfants étaient sagement installés pour la sieste. Le cœur battant, Dove se rendit au bureau de Marc Blais. Elle hésita à la porte, rassemblant son

courage pour frapper. Lorsqu'elle se décida finalement, il répondit par un bref : « entrez ! ». Il était
assis dans un fauteuil de cuir, derrière un énorme
bureau ; tout autour, des étagères remplies de livres,
et sur tout cela, l'œil du maître.

— Prenez un siège, dit-il en lui indiquant une
chaise juste en face de lui.

Puis il continua à écrire pendant de longues
minutes mortifiantes.

Les yeux baissés, les mains jointes sur ses genoux,
Dove attendait, tâchant d'effacer de son visage
expressif toute trace de ressentiment. Il avait décidé
de l'humilier. C'était sa façon de lui montrer l'insigni-
fiance de sa position, le peu d'importance de ses
propres sentiments.

La plume nerveuse continuait à courir sur le
papier ; la jeune fille eut le loisir de se rappeler le
passé, ses derniers postes occupés, la courtoisie
généralement déployée à son égard par tous les
membres de la maison. Les hommes s'étaient toujours levés dès son entrée, lui demandant si tout allait
bien dans son domaine ; souvent, on la retenait pour
prendre un verre avant le dîner. On lui proposait
même quelquefois de se joindre à la table familiale,
mais elle avait toujours fermement refusé.

Dans ce bureau, elle se sentait bien loin de toute
cette politesse raffinée, chaleureuse ; il ne l'avait
même pas saluée ! Elle était devenue un grain de
sable dans l'immensité du désert ; qui se souciait
d'elle, désormais ?

— Vous avez l'air d'un pauvre moineau, ou d'une
émigrante anglaise qui vient de traverser l'océan et se
retrouve épuisée, dans le désert hostile...

Etait-il vraiment capable de parler sur ce ton
gentiment indulgent ? pensa-t-elle, suffoquée. Tôt ce
matin, il avait dû monter son cheval et semblait tout à
fait à l'aise dans son habituelle chemisette à manches
courtes, laissant voir des bras bronzés et musclés. Ses

cheveux étaient légèrement ébouriffés ; peut-être la brise matinale ?... Elle l'imaginait galopant dans la fraîcheur de l'aube, droit sur sa selle, tout à la joie de maîtriser l'étalon le plus fougueux et le plus racé des écuries du cheik. Mais l'étonnement de la jeune fille s'accrut lorsqu'elle l'entendit continuer de la même voix amusée.

— Vous venez ici en colombe de la paix, je suppose, pour m'amadouer et prévenir mon inéluctable colère, n'est-ce pas ?

Elle était sur le point de protester, mais il ne lui en laissa pas le temps ; en Orient, le point de vue des femmes était secondaire, elle allait l'oublier. Il reprit tranquillement :

— Cependant, à l'avenir, ne donnez plus aux enfants l'occasion d'observer la discorde chez les adultes. Vous devriez méditer là-dessus, Miss Grey.

— C'en est trop, écoutez-moi ! Je ne discute pas sur le principe, mais dans ce cas précis...

— Voulez-vous me laisser finir calmement ?

Ignorant son sursaut d'indignation, il poursuivit, imperturbable :

— Actuellement, les bonnes manières des enfants me préoccupent moins que leur sécurité. Des rumeurs de complot me sont parvenues, il s'agirait d'un attentat fomenté par une haute personnalité cherchant à détrôner le cheik. Je pourrais presque nommer l'usurpateur, mais sans preuve, je n'arrive pas à convaincre mon ami de la gravité du danger... surtout s'il émane d'un être très proche.

— Zaïd ? chuchota-t-elle, épouvantée.

— Vous êtes très perspicace, Miss Grey, acquiesça-t-il. En si peu de temps, vous avez deviné juste. L'intuition féminine, sans doute ?

Sous ce regard scrutateur, Dove se trouva mal à l'aise et bégaya :

— Bien sûr ! Une... une antipathie instinctive envers cet homme a inspiré ma réponse.

— Autre trait bien féminin, opina-t-il.

Elle se détendit enfin. Pendant quelques minutes pénibles, elle avait senti peser ses soupçons sur elle. Evidemment, sa tâche exigeait une méfiance constante. Après tout, l'ayant choisie, il devait pouvoir répondre personnellement d'elle, de son intégrité. Concernant le bien le plus précieux du cheik, ses enfants, sa responsabilité était lourde.

Soudain, le sang de Dove se glaça dans ses veines. Horreur !... Et s'il découvrait son mensonge et la façon dont elle s'était fait engager ? Elle se mit à trembler.

— Tiens ? Je ne voulais pas vous effrayer ! Buvez donc cela, proposa Marc Blais en la forçant à prendre un verre d'eau-de-vie.

Elle rejeta vivement la tête en arrière et sursauta.

— Non, merci, cela va mieux maintenant, dit-elle sur la défensive.

Il répliqua alors durement :

— J'avais espéré pouvoir compter sur votre aide et vous demander d'enregistrer les moindres signes susceptibles de mettre en défaut la sécurité des enfants. Mais oublions cette question, Miss Grey, car, décidément, vous *êtes* une colombe, et ce n'est pas seulement un nom...

6

« Il m'a prise pour une lâche ! » fulminait Dove,
furieuse, dans le salon de son appartement qu'elle
avait pourtant eu tant de joie à visiter la veille ! Les
couleurs pastel se fondaient harmonieusement, lui
donnant l'impression délicieuse d'être entourée de
fleurs.

Dans sa chambre dominait le vert, avec çà et là,
quelques touches de jaune pâle. Couchée dans son
lit, elle pouvait s'imaginer dans une prairie anglaise
parsemée de marguerites et de boutons d'or. La salle
de bains était d'un blanc étincelant, mais on retrouvait le fameux bleu cher aux arabes dans le linge de
toilette, les rideaux et le tapis. Raffinement suprême,
une rangée de flacons au long col élégant, remplis de
sels de bain dont la couleur saphir tranchait sur ce
blanc un peu froid.

La force de l'habitude la mena devant la porte de
la nursery. Elle s'arrêta, guettant le moindre bruit.
Mais tout était calme. Elle n'avait d'ailleurs pas
besoin de s'inquiéter ; deux gardes se tenaient en
faction de chaque côté du couloir, et toutes les nuits,
une servante veillait sur leur sommeil, prête à
intervenir au moindre appel. Toutefois, un excès de
scrupules avait conduit ses pas ici.

La veille au soir, elle s'était sentie trop exténuée
pour manger. Elle s'était écroulée dans son lit et

avait dormi d'une seule traite jusqu'au lendemain. Mais cette nuit, elle n'éprouvait aucune fatigue ; les remarques caustiques de Marc Blais l'avaient piquée. Une promenade dans le jardin l'apaiserait peut-être, décida-t-elle donc.

Ayant pris sa douche, elle avait revêtu une robe en fin jersey bleu. Surprise par la fraîcheur de l'air nocturne dans le désert, elle s'enveloppa dans un châle assorti avant de sortir. Au bout du couloir, le garde la regarda passer, impassible. Elle frissonna et resserra son châle autour des épaules. Une atmosphère menaçante pesait sur le palais. Même les fleurs avaient l'air triste ; elles avaient perdu leurs pétales, gisant comme des gouttes de sang sur le sol marbré...

Dehors, la lune énorme éclairait le ciel d'un noir velouté. Légèrement réconfortée, Dove reconnut la voie lactée. C'était au moins une vision familière, la preuve que sa maison n'était plus tout à fait si loin... Après quelques pas, elle s'arrêta pour lever les yeux vers ce ciel piqueté d'étoiles et aspirer à pleins poumons l'air parfumé de la nuit.

— Selon la légende, Miss Grey, les étoiles ne seraient que des trous minuscules dans la couverture jetée sur la terre par la Gazelle. Elle essayait de capturer son amant qui toujours l'abandonnait juste avant l'aube pour lui cacher sa laideur.

Effrayée par cette voix sensuelle et amusée surgie de l'obscurité, elle balbutia :

— Qui... Qui est là ?

Une ombre se détacha de derrière un bouquet d'arbustes.

— C'est moi, Zaïd. N'ayez pas peur, je vous en prie. Nous avons un point commun, je suis ravi de le découvrir. Nous sommes tous deux amoureux de la nuit. Les hommes de ma race l'aiment en raison de sa délicieuse fraîcheur, justement l'une de vos qualités, Miss Grey !

L'angoisse la saisit. Lui aussi possédait les attributs de la nuit : sombre et inquiétant... Elle s'efforça de rire et fit un pas pour se rapprocher du palais. Il lui fallait à tout prix cacher sa peur, aussi répondit-elle fermement :

— Les ténèbres abusent les sens. Par une nuit semblable, n'importe quel athée serait tenté de croire en Dieu.

A sa grande frayeur, il lui barra le passage quand elle voulut s'éloigner.

— Ne partez pas, ajouta-t-il en souriant.

— Il le faut, protesta-t-elle en tirant sur son châle. Je vais prendre froid.

Prestement, il enleva son manteau, et, sans la laisser réagir, il l'enveloppa dans les plis du vêtement. Il en profita pour l'attirer vers lui. Elle réprima un cri de frayeur, sachant que toute velléité de résistance l'exciterait davantage. Sa seule arme restait le mépris, elle s'en servit comme d'une épée aiguisée et pointue.

— Vous me traitez comme une houri et cela me déplaît. Laissez-moi passer ou je serai forcée de porter plainte auprès de votre frère, le cheik !

Indifférent à sa menace, Zaïd la serra davantage, une lueur fanatique dans son regard exalté.

— Quel est votre prix ? Les Anglaises viennent en Orient pour gagner de l'or, les Arabes le savent bien. Dites votre prix.

Sous le vernis de l'éducation, enfouies au plus profond d'elle-même, Dove découvrit des réserves insoupçonnées de colère. Elle se sentait bouillir de rage. Elle allait exprimer sa révolte en un flot d'injures lorsqu'une voix résonna dans l'obscurité.

— Cette femme m'appartient, Zaïd, elle n'est pas à vendre.

Dove ne pensait pas devoir jamais accueillir avec tant de joie la haute silhouette qui se découpait dans l'ombre. Elle courut dans sa direction dès que Zaïd la lâcha.

— Monsieur Blais! souffla-t-elle, oubliant son orgueil en se réfugiant contre lui.

Il entoura sa taille de ses mains. Etonné, Zaïd les observa ; un mauvais sourire plein de sous-entendus étira ses lèvres.

— Par Allah, nous vivons côte à côte comme des étrangers, j'ignorais vos projets, Marc. Mais pour avoir éveillé votre intérêt, cette femme doit être exceptionnelle, car votre opinion sur le sexe opposé est bien connue : aujourd'hui la passion, demain les cendres. N'était-ce pas votre acte de foi ?

Il rejeta la tête en arrière et éclata d'un rire triomphant.

— Quatre choses affaiblissent l'homme : le péché, la faim, les privations, et le sexe ! reprit-il, doucereux. A la fin, vous avez succombé, mon vieux Marc. Les trois premières vous ont laissé de marbre, mais celle-ci pourrait bien être votre perte, annonça-t-il en contemplant la jeune fille.

Puis il se fondit dans les ténèbres. L'espace de quelques secondes, elle ne bougea pas, ou plutôt, ne voulut pas se dégager de ces bras forts où elle se sentait en sécurité, malgré les doigts d'acier qui lui meurtrissaient la taille. Lorsqu'il la repoussa, elle se vit abandonnée.

— Merci d'être venu à mon secours... Je... balbutia-t-elle, je viens de passer un moment très pénible.

— Vous êtes vraiment incroyable ! soupira-t-il impatiemment. Vous étiez prévenue, pourtant, et vous êtes allée aguicher un homme au tempérament volage, très dangereux qui plus est. Zaïd peut vous offrir une fortune, Miss Grey, mais avez-vous bien réfléchi aux implications de votre attitude ? Cet homme est barbare, c'est un monstre impitoyable pour les idiotes de votre espèce ! conclut-il en lui serrant douloureusement le bras.

Tout aussi brutalement, il relâcha son étreinte et la toisa dédaigneusement.

— Vous mériteriez d'être punie pour votre avidité ! Je me demande pourquoi je suis intervenu…

Ces paroles eurent sur Dove l'effet d'un coup de tonnerre.

— Vous n'imaginez tout de même pas que j'ai encouragé Zaïd !

— Je ne suis pas assez naïf pour penser autre chose, riposta-t-il en l'imitant ironiquement.

Abasourdie, Dove renonça à se défendre. Ses protestations seraient inutiles. M. Blais détestait les femmes, il prenait inévitablement le parti de l'homme en cas de conflit.

— Vraiment, vous me croyez intéressée ? questionna-t-elle sur un ton mal assuré.

— Et sans scrupules. En fait, vous êtes une intrigante très déterminée qui n'hésite pas à utiliser tous les moyens pour parvenir à ses propres fins !

Elle tressaillit. N'avait-il pas frôlé la vérité ?

Il poursuivit durement :

— Votre présence ici devait alléger mes charges envers les enfants, me laisser plus de temps pour le reste des mes devoirs. Puisque finalement, vous alourdissez ma tâche, la meilleure solution pour vous serait de retourner en Angleterre immédiatement me semble-t-il. Naturellement, vous me rendrez l'avance que je vous ai faite, moins un léger pourcentage pour compenser le désagrément subi.

— Voulez-vous dire… Suis-je congédiée ?

— Je ne désirais pas vous le signifier aussi brutalement, mais, bon, vous l'êtes en effet, expliqua-t-il en haussant les épaules.

La révolte gronda dans le cœur de Dove. Sa conduite ne méritait certes pas un semblable traitement. Ils avaient conclu un accord qui l'engageait lui aussi, il devait en respecter les règles. Même dans l'obscurité, son air de défi était visible lorsqu'elle protesta.

— Désolée de vous décevoir, monsieur, mais je n'ai plus cet argent. Que vous le vouliez ou non, je dois rester, sauf... continua-t-elle avec impudence, si vous décidez de m'acquitter de ma dette, auquel cas je peux préparer mes bagages ?

— Jamais, vile chercheuse d'or !

Elle étouffa un cri de douleur. Il enfonçait ses doigts comme des griffes dans ses bras. Il émanait de ses gestes une furieuse envie de punir ; il l'aurait battue si elle avait été un homme. Son regard implacable lui fit l'effet d'une gifle et elle grimaça de souffrance.

— S'il en est ainsi, vous resterez. Mais ne vous félicitez pas trop vite de votre habileté. Une année dans le désert peut paraître interminable et en valoir dix. Je me ferai un plaisir de transformer la vôtre en enfer !

Dove avait l'impression d'avoir essuyé une tempête quand elle se dirigea vers sa chambre. Bouleversée, épuisée, elle se laissa tomber sur son lit. Les mots prononcés par M. Blais ne dépassaient pas sa pensée, de cela elle était certaine. Cet ancien légionnaire s'y connaissait en tortures mentales et physiques. La perspective de passer un seul jour de plus en sa compagnie la terrifiait. Entre eux, la guerre était maintenant nettement déclarée. Comment pouvait-elle se défendre contre cette brute assoiffée de vengeance ? Fermant les yeux, elle essaya d'imaginer l'avenir, mais seule, sa propre figure grave et pâle, son regard fixe et sa bouche désolée lui apparurent.

Le matin suivant, les yeux rougis par le manque de sommeil, elle eut du mal à garder sa sévérité face aux enfants. Ceux-ci semblaient décidés à changer d'attitude ; ils étaient restés sages assez longtemps selon eux. De mauvaise humeur, Salim surtout avait grande envie de désobéir. Après leur repas, la table ressembla à un véritable champ de bataille. Les affrontements se poursuivirent toute la matinée. La résistance de leur gouvernante était à bout.

— Nous devons trouver un endroit où ils pourront dépenser toute leur énergie, Alya. Ramasse leurs jouets, nous allons les emmener dans le jardin.

— Puis-je prendre mon Scooter pour jouer dans les allées, Miss Grey ? implora Bibi.

— Si tu veux, acquiesça-t-elle, soulagée de voir enfin un sourire sur le visage maussade de la petite fille.

— Moi... panda !

Salim ne demandait pas d'autorisation, il signalait simplement son intention, et elle fut bien obligée de sourire à la vue de ce tout petit garçon transportant un panda géant, presque grand comme lui.

— Pourquoi ne pas me confier le panda ? suggéra-t-elle gentiment, prévoyant la catastrophe si l'enfant s'entêtait à descendre les escaliers ainsi encombré.

Il la considéra un moment avant de se décider. Enfin, il le lui tendit avec un sourire angélique qui désarmerait sûrement tout son entourage, plus tard, songea Dove. D'ailleurs, la plupart des Arabes avaient un charme consommé. Contrairement à certains Français, ils s'exprimaient même avec beaucoup de poésie, si leur humeur s'y prêtait. Résolument, elle refoula toutes les pensées qui la ramenaient à Marc Blais et entraîna les enfants dans le jardin.

Les gardes les suivirent dehors et restèrent en faction non loin d'eux. Au début, leur présence gêna la jeune fille, mais l'attention réclamée par les petits lui fit très vite oublier les sentinelles.

Ils jouèrent ensemble environ une heure, puis, les enfants s'absorbèrent dans leur propre monde. Dove put alors se reposer dans une chaise longue, à l'ombre d'un arbre, et accepter un verre de limonade apporté par Alya.

— Hum... délicieux, apprécia-t-elle. La vie du

désert peut paraître monotone, mais elle a ses compensations.

Bibi passait sur son Scooter, hurlant de plaisir. Salim ne fut pas long à l'imiter ; il attrapa son tambour et faisant le tour de la pelouse, frappa dessus avec ses baguettes, manifestant une joie bruyante. Cette liberté nouvelle les excitait assurément. Une heure encore de défoulement et il serait beaucoup plus facile de les faire obéir.

— Il faudra intégrer une heure ou deux de plein air dans notre emploi du temps quotidien, dorénavant, déclara la gouvernante à Alya tout en surveillant Bibi.

Celle-ci s'amusait à effrayer les oiseaux picorant dans l'allée.

— Miss Grey !

Alya lui désigna une jeune servante qui attendait anxieusement derrière la chaise de la gouvernante.

— Oui ? interrogea-t-elle aimablement.

Les yeux baissés, la jeune fille répondit.

— Ma maîtresse Mariam m'envoie vous demander de rentrer les enfants à l'intérieur du palais. Leur bruit dérange son repos.

— Zut ! prononça Dove tout bas.

Ce n'était pas la peine de passer sa colère sur la messagère. Aussi reprit-elle gentiment :

— Je m'incline. Tu peux aller le dire à ta maîtresse.

Ensuite, prenant sur elle-même, elle appela les trublions.

— Allez, rassemblez vos jouets, il est temps de rentrer !

Bien entendu, son intervention fut très mal accueillie.

— Je veux rester ! geignit Bibi.

— Non ! la défia Salim.

Puis, au cas où elle n'aurait pas compris, il scanda

chaque syllabe d'un coup de baguette sur son tambour.

— Non, non, non, on, on !

Il fallait réagir énergiquement. Elle aurait pu facilement les réduire au silence en usant de son autorité, mais c'était s'attirer leurs larmes. Sa sympathie leur était définitivement acquise ; elle rechercha plutôt quelle distraction physique pourrait les occuper joyeusement en détournant leur déception.

Tout à coup, il lui vint une idée : la piscine aux carreaux bleus, suffisamment éloignée des appartements de leur mère !

Ravie, elle se tourna vers les enfants.

— Que diriez-vous d'un bain ? proposa-t-elle.

— On a le droit ? questionna Bibi, incrédule.

Salim ne soufflait mot, comme si la suggestion ne signifiait rien pour lui.

— Pourquoi pas ? rétorqua Dove avec assurance. La piscine ne semble jamais servir. Venez, Alya préparera vos maillots ; pendant ce temps, j'irai chercher le mien.

Impatients d'aborder cette nouvelle aventure, les enfants coururent vers la nursery avec Alya qui les suivait d'un pas traînant. Dove s'achemina vers sa chambre. Elle se déshabilla promptement et revêtit un deux-pièces vert cru, mettant en valeur les formes de son corps. Une robe en tissu éponge de la même couleur complétait l'ensemble. Son arrivée dans la chambre d'enfants provoqua l'admiration d'Alya.

— Pourquoi ne sont-ils pas prêts ? s'étonna Dove.

Les sourcils froncés, Alya se retourna.

— Excusez-moi, Miss Grey, mais les enfants se baignent tout nus habituellement.

— Vraiment ? Evidemment, à leur âge, un maillot n'est guère nécessaire. Seulement, M. Blais m'ayant parlé de l'extrême pudeur des Arabes, je suis surprise...

Perplexe, elle les emmena à la piscine. Là, dans le

petit bain, ils fôlatrèrent avec leur exubérance coutumière et Dove cessa de se poser des questions, toute à la joie de nager pour la première fois sous cet ardent soleil. En un rien de temps, elle s'était débarrassée de sa robe. Elle plongea, crawla, fit la planche dans l'eau délicieusement fraîche sans remarquer la stupéfaction d'Alya qui s'était couvert les yeux de ses mains avant de courir, affolée, dans la direction du palais.

Elle flottait rêveusement à la surface, lorsqu'elle entendit le bruit d'un plongeon. Une ombre se dessina quelques secondes plus tard et masqua le soleil. Un étau lui serra la taille et la souleva. Trop éberluée pour crier, il lui aurait de toute façon été difficile de le faire ; elle respirait à peine, à cause de la rudesse avec laquelle elle fut entortillée dans sa robe, jetée comme un sac sur une épaule, puis transportée au palais !

En un minimum de temps, elle fut déposée toute trempée dans sa chambre. Elle sursauta lorsqu'elle entendit claquer la porte et tendit derrière son dos une main tremblante, cherchant un appui. Dove ne tenait plus debout, et, touchant le dossier d'une chaise, elle s'y laissa tomber. Alors seulement elle se força à rencontrer le regard de cet homme debout, qui la toisait, les bras croisés sur la poitrine.

— Pauvre folle ! lui lança-t-il. Petite idiote !

Elle ne put contrôler ses tremblements. Cette fois, il était fou de rage ! Le simple bon sens lui conseillait de garder le silence, au moins quelques minutes, mais sa rancœur fut la plus forte. Se levant, elle explosa :

— Vous me devez une explication sur votre extraordinaire conduite, monsieur Blais. Jamais de ma vie…

— La vie, vous avez failli la perdre ! l'interrompit-t-il rudement.

— Je… Que voulez-vous dire ? balbutia-t-elle.

— Des femmes ont été décapitées pour avoir

78

exhibé une plus petite partie de leur anatomie. La réserve est une vertu très prisée dans ce pays. Un Arabe n'ôtera jamais son turban, sauf dans l'intimité de sa propre maison, alors, vous comprenez, les bains mixtes sont formellement interdits.

— Les bains mixtes ? Vous voulez dire, les enfants ?...

— Eh oui, les enfants. Ne l'oubliez pas, aux yeux de son peuple, la place de Salim est très importante, juste derrière celle de son père. En gambadant presque nue devant lui, on pourrait vous arrêter pour tentative de corruption.

— Gambadant ? Corruption ?

Incrédule, la voix de Dove devint aiguë.

— Oh, monsieur, je vous en prie, vous faites insulte à mon intelligence !

D'une seule enjambée, il s'était rapproché d'elle, comblant le fossé qui les séparait. Sauvagement, il la saisit aux épaules, et sembla se retenir de la gifler.

— Si vous ne voulez pas entendre les paroles de la raison, Miss Grey, il ne me reste plus qu'à passer aux actes. Voici un échantillon de ce à quoi vous devez vous attendre, si vous continuez à inciter au viol !

L'air hagard, Dove ramassa sur le plancher les deux bouts de chiffon vert et les enterra au fond d'un tiroir, en espérant bien les faire disparaître à tout jamais. A cause de la conduite de cet homme, son maillot de bain, tout à fait banal et insignifiant en Angleterre, était devenu le symbôle même de la luxure et de l'avilissement. L'innocente Dove n'avait certes pas pensé à mal, mais elle avait subi les conséquences de sa naïveté.

Secouée de frissons, la jeune fille se dirigea vers la salle de bains, mais s'arrêta brusquement. Il fallait être raisonnable. Elle s'était déjà douchée trois fois ! Le visage ruisselant d'eau et de larmes, elle avait frotté son corps avec acharnement pour tenter d'en effacer les marques cruelles de ces mains d'homme. Il avait voulu la punir, lui donner une leçon particulièrement sévère. En fait, il avait réussi à lui enseigner la haine. Jamais auparavant Dove n'avait éprouvé ce sentiment, désormais pourtant si profondément ancré en elle. Il avait lui-même distillé ce venin dans son cœur en osant profaner de sa bouche ses lèvres pures, et la ravaler sans pitié au rang d'une vulgaire houri arabe. Puis il l'avait abandonnée là, tremblante de tous ses membres, au bord de la crise de nerfs, à bout de forces de s'être tant débattue. Grâce au ciel, il ne l'avait pas déshonorée, et l'avait laissée à ses hoquets sanglotants en lui jetant un adieu, accompagné d'un rire sardonique.

La jeune fille referma la main sur une dague décorative exposée sur une étagère. Si seulement elle s'en était saisie plus tôt ! Lorsque cette bouche grimaçante lui avait décoché avec un sourire insultant : « Vous avez beaucoup à apprendre, ma jolie colombe ! Zaïd était prêt à marchander, mais comme il aurait été déçu d'avoir été escroqué de tant d'or en échange d'une perce-neige ! »

Soudain, on frappa impérativement à la porte ; la dague tomba à terre. Dove essaya désespérément de retrouver son sang-froid, et cria, d'une voix mal assurée :

— Qui est là ?

— Alya !

— Entre, s'il le faut !

Dove alla se placer près de la fenêtre, le dos tourné à la servante, pour lui cacher la honte affichée sur ses traits expressifs.

— Que veux-tu, Alya ? demanda-t-elle d'une voix neutre.

— Ma maîtresse Mariam souhaite vous parler.

Dove appuya son front brûlant contre les barreaux de la fenêtre.

— Très bien, soupira-t-elle. J'irai la voir dans un moment.

— Mais, Miss Grey ! lança Alya, absolument scandalisée par ce manque d'empressement. Ma maîtresse vous attend tout de suite.

Dove inspira profondément. Les battements précipités de son cœur résonnaient sourdement dans sa poitrine, ses yeux lui brûlaient, des picotements désagréables couraient sous sa peau. Pourtant, la gorge serrée, elle réussit péniblement à articuler, avec un calme trompeur :

— Dans cinq minutes, alors ; juste le temps de quitter ce peignoir et de m'habiller.

A son habitude, Mariam était nonchalamment allongée sur un divan. Dove se contracta sous le regard inquisiteur qui la dévisagea avant d'étudier sans vergogne la démarche de sa frêle silhouette. Les joues de la jeune Anglaise s'empourprèrent ; Mariam semblait au courant de son humiliation, et espérait probablement égayer cette morne après-midi en se divertissant à ses dépens.

Néanmoins, lorsqu'elle eut achevé son examen attentif du visage blême et ravagé de la jeune fille, la perplexité perça dans sa voix.

— Comment votre réserve et votre timidité britanniques peuvent-elles charmer les hommes à ce point ? Je m'en étonnerai toujours. L'intérêt de Zaïd à votre égard s'explique peut-être plus facilement, car il est perpétuellement à l'affût de nouveauté, mais la nature dure et secrète de Marc ne se laisse pas volontiers aborder, encore moins émouvoir... Ses airs énigmatiques dissimulent un tempérament de feu, et son choix m'étonne. Je l'imaginerais mieux avec une femme plus ardente.

En apercevant le rouge de la fureur monter au front de Dove, l'intérêt de Mariam s'accrut. Aurait-elle été abusée par l'apparente douceur de la jeune Anglaise ? Marc jugeait généralement du caractère des gens au premier coup d'œil, sans se tromper. Aurait-il décelé en elle des profondeurs insoupçonnables ?

— Je n'appartiens à personne ! protesta Dove, indignée. Aucun homme n'a aucun droit sur moi, ni Zaïd, ni M. Blais !

Mariam haussa les épaules. Les réactions des Occidentales la dépassaient. Indiquant une chaise à sa compagne, elle répliqua sèchement :

— A quoi bon vous abriter derrière un semblant de mystère ? Vous ne dupez personne. Vous avez trouvé faveur aux yeux de Marc, et la nouvelle est désormais de notoriété publique. Par la bouche de

Rahma, mon mari, j'ai eu vent de la querelle entre Zaïd et Marc. Ils sont à couteaux tirés depuis des années, et à présent, la rivalité exacerbe l'hostilité de ces ennemis jurés. Zaïd en a appelé au jugement de mon mari pour légitimer la priorité de ses prérogatives sur vous, mais sa requête a été refusée. Malgré son poste important dans l'administration des affaires de l'état et ses liens de sang avec mon époux, Rahma a préféré favoriser Marc, et lui témoigner ainsi sa profonde affection.

Mariam bâilla délicatement, et se renfonça douillettement dans ses coussins. Ses journées interminables s'écoulaient le plus souvent ainsi, en ragots et bavardages, et aujourd'hui, elle avait une interlocutrice de choix, qui la fixait de ses grands yeux étonnés.

— Naturellement, Zaïd a été fou de rage de voir mon mari insister pour accorder votre main à Marc... Leur attachement mutuel transcende la loyauté familiale, continua-t-elle pensivement. Leur amitié date du temps de leur jeunesse, quand, assoiffés d'aventure et avides de gloire, ils s'engagèrent tous deux comme soldats et livrèrent aux rebelles des combats sans merci. Ils ont toujours veillé jalousement sur leurs souvenirs communs. Il en est un pourtant que mon mari se plaît à évoquer souvent : l'épisode au cours duquel Marc lui a sauvé la vie. Sans cet ami dévoué, Rahma serait mort depuis longtemps, et la cicatrice sur le visage de Marc le lui rappelle constamment.

Dove se gratta la gorge, et Mariam s'interrompit, s'attendant à une question. Cependant, comme la jeune fille restait silencieuse, elle reprit :

— Mon mari a toujours regretté de ne pas pouvoir récompenser cet acte de bravoure à sa juste valeur. Marc a hérité de sa famille une immense fortune ; l'argent ne saurait donc satisfaire ses rêves. En outre, il a pris en charge l'éducation et la protection de nos enfants, notre reconnaissance envers lui s'en est accrue. Vous comprenez sûrement, Miss Grey, la joie de mon époux d'être enfin en mesure d'accorder une petite faveur à son vieil ami. En ce moment-même, les cuisines du palais ressemblent à une véritable ruche ; tous les domestiques sont mobilisés pour la préparation du festin de fiançailles de ce soir.

— Le festin de fiançailles ? répéta Dove stupidement, se demandant si elle avait bien entendu.

— Oui, acquiesça Mariam. Me voilà toute surexcitée à cette idée. Selon la coutume, seuls les hommes participent à la fête, mais comme vous n'appartenez pas à notre race, mon mari a décidé, en votre honneur, de se conformer aux usages britanniques, et de convier également les femmes.

Prisonnière d'un horrible cauchemar, Dove bondit sur ses pieds, et s'écria, furieusement révoltée :

— Etes-vous tous devenus fous ! Vous n'imaginez tout de même pas m'imposer, à moi, sujet britannique, vos coutumes ridicules et archaïques ! Je hais Marc Blais ! C'est le dernier homme au monde que je consentirais à épouser, même s'il le souhaitait ! Et permettez-moi de douter de ce projet stupide : nous n'éprouvons l'un pour l'autre qu'une profonde antipathie. A vrai dire, nous nous détestons mutuellement !

— Allons, Miss Grey ! minauda Mariam. Inutile de jouer la comédie avec moi !

— La comédie ! gémit Dove d'une voix étranglée.

Mariam se contenta de sourire devant l'obstination têtue de la jeune fille.

— Vos désirs, Miss Grey, importent peu aux maîtres de ce royaume. En acceptant de servir notre famille, vous êtes tombée sous la coupe de mon époux. Désormais, vous lui appartenez. S'il a exprimé la volonté de vous marier à Marc, vous devez lui obéir. Mais ne vous inquiétez pas, poursuivit-elle d'une voix apaisante, avant mon propre mariage, je n'avais même pas entrevu le visage de Rahma. Et cependant, il m'a été donné de l'aimer. Vous aussi, connaîtrez l'amour.

Dove sentit avec horreur le fatalisme de l'Orient peser sur elle. Mariam parlait de ses fiançailles avec Marc Blais comme d'un fait accompli. Affolée, telle un oiseau pris en cage, elle porta la main sur son cœur pour tenter d'en calmer les battements précipités. Inspirant profondément, elle attendit quelques secondes, et retrouva assez de sang-froid pour articuler lentement, en détachant bien chaque syllabe :

— Vous n'avez pas saisi le sens de mes paroles. Je me refuse formellement à prendre part à votre mascarade, même au risque de déplaire au cheik Rahma ! Jamais je ne consentirai à me fiancer à cette brute !

— Marc, une brute ?... répéta Mariam en levant les sourcils.

— Parfaitement, un sauvage, déclara Dove avec emphase. Un monstre au cœur sec, insensible !

Malgré ses deux années de moins, Mariam lança à Dove un regard compréhensif, lourd de sagesse et d'expérience.

— Vous vous êtes sentie offensée dans votre pudeur virginale, cela semble évident.

Devant la grimace de Dove, Mariam eut un sourire compatissant, et s'empressa de lui donner quelques conseils :

— Les hommes très virils sont généralement les plus grands amoureux de la vertu. Vous agissez sagement en cherchant à préserver coûte que coûte votre chasteté, mais une fois mariée, il faudra vous affranchir de votre pruderie. Car M. Blais ne s'en satisferait pas !

Dove tapa du pied d'un air exaspéré.

— Je n'ai pas de leçons à recevoir de vous, lança-t-elle. Gardez vos sermons pour sa future femme !

Soudainement, Mariam perdit patience.

— Vous êtes très ingrate, gronda-t-elle. De nombreuses femmes se sont languies d'amour pour l'homme que vous prétendez mépriser. Vous êtes indigne de lui, et je le dirai à mon mari. En attendant, je vous conseille de retourner dans votre chambre, et de bien réfléchir avant de prendre une décision définitive. Votre manque de gratitude risquerait de vous attirer les plus graves ennuis. Et si mon mari, dans un accès de colère, vous donnait à son frère Zaïd ? Si ce sort vous était destiné, je tremblerais pour vous. Vous traitez Marc de brute ; pourtant, une nuit passée en compagnie de Zaïd vous ferait changer d'avis. Comparé à ce personnage bestial, M. Blais vous apparaîtrait comme le plus angélique de vos saints !

Un frisson de dégoût et de peur parcourut le corps de Dove. Elle blêmit et resta sans voix sous le choc de cet avertissement.

— Méditez longuement sur le sens de mes paroles, Miss Grey, reprit Mariam en hochant la tête d'un air satisfait. Mieux vaut encore se trouver prisonnière des serres d'un faucon que déchiquetée par les griffes d'un renard...

De retour dans ses appartements, incapable de maîtriser ses tremblements convulsifs, Dove se mit à marcher de long en large, se morigénant pour avoir laissé ainsi entamer sa faculté de jugement par les radotages d'une jeune Arabe ignorante. Imitant inconsciemment la conduite superstitieuse des Orientaux, elle fouilla un tiroir à la recherche de son passeport, et le serra sur son cœur comme un talisman contre le mauvais sort.

« Ils n'oseront jamais exécuter de telles menaces contre un sujet de Sa Majesté ! » résolut-elle fermement.

Mais son courage s'évanouit bien vite. L'ambassade britannique la plus proche se trouvait à des kilomètres de là, et de toute façon, elle n'aurait pas eu droit à la commisération des diplomates. Elle se serait heurtée à leur cynisme face à des jeunes filles inconscientes, qui, faisant fi des avertissements, s'envolaient vers l'Orient à la recherche de la fortune.

« Les nations occidentales », avait fort justement observé Jennifer, « sont complètement dépendantes des Arabes pour leur approvisionnement en pétrole, et prennent donc bien garde d'offenser les dirigeants tout-puissants des états producteurs ».

Trop tard malheureusement, Dove regretta de ne pas avoir suivi les conseils prudents de son amie.

Après une heure d'agitation, tourmentée, un peu de courage lui revint. Elle s'assit et s'obligea à raisonner calmement. Ainsi, elle était devenue l'objet d'une rivalité entre deux ennemis. Son arrivée avait déclenché entre eux une lutte ouverte, dont elle était l'enjeu, et il lui fallait maintenant choisir entre un homme qu'elle haïssait et un autre qui la terrifiait. Au moins, elle ne s'illusionnait pas sur les sentiments de Marc Blais à son égard : il la méprisait, et voulait se fiancer à elle dans le seul et unique but de mortifier Zaïd dans son orgueil. Il était probablement furieux lui-même d'avoir recours à de telles armes, car il œuvrait pour son malheur, mais cette piètre consolation n'offrait à Dove aucun réconfort.

Zaïd, lui, convoitait son corps. Ses regards et ses insinuations en disaient long sur la bassesse de ses appétits charnels, aiguisés par la beauté froide et pâle de la jeune fille. Ce personnage lui répugnait, et à la seule pensée de ses mains brunes et sensuelles sur sa peau, Dove eut un mouvement de recul.

Lorsque quelques instants plus tard, Mariam envoya une servante lui demander si elle s'était enfin rendue à la raison, Dove répondit par un oui timide, et on lui ordonna aussitôt de commencer à se vêtir pour la fête. Mais Marc Blais ne méritait pas tant d'honneur, et après une douche rapide, Dove se décida pour la plus simple de ses robes.

Blanche, à petites manches, au col évasé, cette tenue extrêmement sobre mettait en valeur la minceur de la jeune fille, et en particulier la finesse de sa taille. La rigueur de sa toilette accentuait encore la rigidité glaciale de ses traits. La rencontrant dans le couloir, Marc Blais ne manqua pas d'être frappé par la justesse de sa comparaison : Dove ressemblait bien à ces perce-neige délicats, mais pourtant vivaces, animés par une vigueur incroyable qui leur permettait de résister aux tempêtes les plus violentes.

— Mariam vous a brossé un tableau réaliste de la situation ? s'enquit-il d'une voix sourde et irritée.

Dove dissimula son embarras derrière une attitude sarcastique :

— Effectivement. Si j'ai bien compris, le cheik vous offre une fiancée contrainte et forcée en récompense de vos loyaux services parce que vous êtes incapable de vous faire aimer d'une femme !

L'insulte n'atteignit pas Marc Blais. Saisissant le menton de Dove entre le pouce et l'index, il l'obligea à le regarder droit dans les yeux.

— Vous êtes une petite sotte, inconsciente, têtue, et de plus, dénuée de scrupules. Mais comme vous n'osez pas voir la vérité en face, vous préférez jouer à l'agneau innocent, sacrifié par l'injustice des hommes. Comme j'aimerais être doué de votre imagination, Miss Grey, et pouvoir, moi aussi, agir comme si vous n'existiez pas !

Quand Dove réussit enfin à maîtriser son indignation, Marc Blais était malheureusement hors de portée de voix, et elle ravala la kyrielle d'épithètes peu flatteuses qui lui brûlait les lèvres : arrogant, brutal, grossier, vaniteux... Au bord de l'effondrement, Dove fut cependant sauvée du désespoir par une réflexion d'un humour grinçant : Dieu merci, cette mascarade de fiançailles ne l'engageait à rien.

Ces fausses promesses n'avaient rien à voir avec les vœux solennels du mariage que Dove, en toute honnêteté, n'aurait jamais pu prononcer. Jurer à cet homme amour et fidélité aurait outrepassé ses forces...

Seule à ne pas porter le voile, la jeune fille se retrouva assise à une table basse, sur une natte, au milieu des gloussements des femmes honorées de la permission très exceptionnelle accordée par leurs maris. Les hommes d'âge respectable jetèrent d'abord des coups d'œil désapprobateurs en direction de ce visage féminin découvert, puis l'évitèrent soigneusement.

Marc Blais, son « Seigneur et Maître » ! — comme elle l'appelait secrètement avec cynisme, — était assis à la droite du cheik Rahma, qui partagea scrupuleusement son attention entre lui et Zaïd, à sa gauche. Le repas traîna en longueur, et la boisson n'aida évidemment pas à égayer les conversations des hommes : ils ne buvaient que de l'eau, l'alcool leur étant interdit par leur religion.

Dove ne se plia pas de gaîté de cœur aux coutumes locales. On apporta d'abord deux énormes soupières, une pour les hommes, une pour les femmes, et chacun devait y plonger sa cuillère tour à tour. Lorsque Dove se résigna enfin à imiter ses compagnes, elle trouva cette soupe absolument délicieuse. Mais elle n'était pas au bout de ses peines ! Bientôt vinrent les plats de viande ; l'agneau grillé au feu de bois, servi avec des légumes, puis des boulettes de viande hachée et des brochettes accompagnées de haricots rouges assaisonnés d'ail, d'huile d'olive et de citron. Privée de ses couteau et fourchette habituels, Dove ne parvenait pas à manger. Remarquant son désarroi, Mariam lui vint en aide, et tâcha de lui enseigner leur technique, en joignant le geste à la parole. Il fallait se servir des galettes de pain pour attraper la nourriture et la porter à sa bouche, mais de la seule main droite, car la gauche était considérée comme impure.

Les premiers essais de Dove déclenchèrent l'hilarité générale, mais grâce à une avalanche de conseils et de suggestions, elle devint rapidement plus experte. Toutefois, elle ne pouvait s'empêcher de se sentir un peu écœurée par les règles de ce savoir-vivre pour le moins original.

Enfin, à son grand soulagement, arriva le moment du dessert. De superbes coupes de fruits décoraient déjà les tables, et les domestiques posèrent à côté un choix étonnant de pâtisseries au miel et à la pâte d'amande, décorées de noisettes, de dattes et de fruits confits. Plus détendue à présent, Dove se régala de ces délicieuses douceurs. Après des ablutions des mains dans des coupes d'eau fraîche parfumée à la fleur d'oranger, un silence solennel tomba soudain sur l'assemblée.

— Préparez-vous ! chuchota Mariam. La cérémonie va commencer. Rahma vous accorde l'honneur insigne de tenir le rôle de votre père. Il s'est déjà mis d'accord avec Marc sur le montant de votre dot, une somme confortable, qui couvrira amplement les frais de votre trousseau.

Ainsi, le marché était conclu ! On l'avait achetée, comme une chose, sans tenir compte de ses désirs !

Un homme vint à sa rencontre pour l'escorter vers Rahma et Marc. Le moment tant redouté était venu... Malgré tous ses efforts pour se persuader de l'inanité de cette comédie, Dove dut se rendre à l'évidence : la gravité quasi religieuse des visages reflétait l'importance capitale de l'événement.

L'expression sévère de Marc aggrava ses craintes. Elle prit place à côté de lui, devant le cheik Rahma, qui, avec une solennité de Grand Prêtre, entama des prières à la gloire de Dieu, invoqua les bénédictions du Prophète, et récita de nombreux versets du Coran. Une seule fois, par hasard, Dove croisa les yeux de Marc, au moment précis où il recevait la dot des mains de Rahma, d'énormes liasses de billets de banque, et un monceau d'or et de joyaux, placés sur un plateau. Elle faillit pousser une exclamation de surprise, et son cœur se serra en voyant la bouche de Marc se tordre en un sourire cynique. Puis, son « fiancé » alla s'asseoir en face de Rahma, et lui serra les mains en signe de reconnaissance.

Un vieil homme vénérable s'approcha ensuite pour jeter un mouchoir sur leurs mains jointes, scellant ainsi leur accord, et Dove, rejetée parmi l'assistance tel un témoin superflu, frémit en entendant la déclaration solennelle de son père fictif :

— Par ces paroles, je te promets en mariage, ma fille Dove, pourvue d'une dot de cinq mille livres.

Dove crut tout à coup sombrer dans l'irréalité. Etait-elle en proie à un mirage, ou à une hallucination ? Se réveillerait-elle bientôt de cette cérémonie cauchemardesque, hantée par ces visages sombres et soudain menaçants ? La tête lui tourna. Elle chancela et tout sembla vaciller autour d'elle lorsque s'éleva la voix de Marc, ferme et cassante :

— J'accepte ton offre, et me considère désormais lié par l'honneur à ta fille, ma fiancée…

8

— Ne criez pas !

Ces mots chuchotés à son oreille tirèrent Dove de son sommeil agité. De toute façon, l'homme penché au-dessus de son lit la bâillonnait d'une main, et étouffa une exclamation de surprise.

— Habillez-vous, et préparez les enfants pour un voyage dans le désert.

Dove scruta le visage de Marc Blais de ses grands yeux apeurés ! Sa mâchoire contractée, son air sombre, ne présageaient rien de bon.

— Que se passe-t-il ? interrogea-t-elle.

— Je n'ai pas le temps de vous expliquer, répliqua-t-il impatiemment. Les enfants courent un grand danger et doivent quitter le palais sur-le-champ. Rendez-vous dans cinq minutes !

Une fois la porte refermée, Dove sauta hors du lit, passa à la hâte un pantalon et un gros pull-over, et se précipita à la nursery. Une servante alarmée avait déjà réveillé les enfants. Ils attendaient sagement, encore tout engourdis de sommeil, et se laissèrent docilement habiller de vêtements chauds. Dove finissait à peine d'attacher le capuchon de Salim quand surgit dans l'embrasure de la porte une longue silhouette drapée dans les plis d'une cape. Son cœur bondit de frayeur. Instinctivement, elle rejeta les enfants derrière elle, les protégeant du rempart de son corps contre l'homme qui s'avançait d'un pas silencieux de félin.

— Tout le monde est prêt ? Parfait ! Maintenant, suivez-moi le plus doucement possible.

A son grand soulagement, elle reconnut la voix de Marc Blais. Jamais auparavant, elle ne l'avait vu habillé en Arabe, et malgré l'intensité dramatique du moment, la prestance de son allure la frappa. Le burnous noir accentuait sa taille imposante et la noblesse de son allure ; le turban enroulé autour de sa tête seyait admirablement à ses traits sombres et arrogants. On l'aurait pris facilement pour l'un de ces fils d'Adam, qui revendiquaient avec tant d'orgueil la pureté de leur race.

Le cœur battant, la bouche sèche, Dove guida les enfants à sa suite. Un fusil à la main, prêts à tirer, deux gardes protégèrent leur fuite jusqu'à la cour de derrière, où les attendait une Land-Rover. Sur un signe de tête impératif, la jeune fille poussa les enfants à l'intérieur, et s'installa entre eux deux. Ils se nichèrent contre elle, et avec l'insouciance heureuse propre à leurs jeunes esprits innocents, se rendormirent aussitôt.

Marc se glissa au volant, et à l'instant même où il tournait la clef de contact, un coup de feu résonna à l'intérieur du palais. Immédiatement, il appuya sur l'accélérateur, tandis qu'une salve se déchaînait, couvrant une explosion de cris hystériques. La Land-Rover bondit en avant et franchit promptement les grilles ouvertes qui se refermèrent immédiatement après leur passage. En l'espace de quelques minutes, la masse sombre du palais disparut complètement dans la nuit. Ils fuyaient vers le désert. Après avoir rompu les amarres et quitté le port, c'était comme s'ils naviguaient sur un océan inconnu, une mer de sable, songea Dove. Dans cette nuit sans lune, aucune lumière n'adoucissait les contours sombres et menaçants des dunes de sable au milieu desquelles ils s'enfonçaient, et la jeune fille s'imaginait voir s'élever et retomber les vagues immenses d'une mer houleuse, complètement démontée. Le firmament de cette nuit au froid coupant scintillait des mille feux de ses étoiles, comme piqueté d'innombrables petits diamants.

— Enveloppez-vous dans ces couvertures ! ordonna Marc. D'ici deux heures, nous atteindrons un poste de l'armée, où nous pourrons manger et faire des provisions avant de continuer vers l'intérieur.

Comme il paraissait plus détendu, Dove se risqua à demander :

— Pourriez-vous maintenant m'expliquer les raisons de cette évasion invraisemblable ? Pourquoi avoir réveillé les enfants en pleine nuit ? La situation nécessitait-elle une mise en scène aussi mélodramatique ?

La réponse la glaça d'horreur.

— Quelques minutes de plus, et ils tombaient à la merci de leur oncle Zaïd, qui n'aurait pas éprouvé le moindre remords à leur faire trancher la gorge.

— Vous exagérez ! protesta-t-elle faiblement.

— Zaïd a fomenté un coup d'état pour prendre la direction du royaume. Sa position ne sera pas assurée de stabilité tant que vivront le cheik Rahma et son héritier. Tirez-en vous-même les conclusions.

— Il existe donc une faction ennemie dans le royaume ? Dans mon esprit, le régime comptait seulement des partisans tout dévoués à la cause de Rahma.

— La majorité lui est fidèle, en effet, confirma Marc. Mais, en Orient comme en Occident, la loyauté se corrompt, et s'achète avec de l'or. Je soupçonnais le complot de Zaïd depuis quelque temps, mais Rahma refusait de croire son frère capable d'une telle traîtrise, et j'avais les mains liées. J'ai cependant averti les hommes dont j'étais absolument sûr de se tenir sur leurs gardes, et j'ai réussi à placer des espions dans le camp adverse. Grâce à eux, j'ai pu ce soir agir avec promptitude.

— Mais le cheik ? risqua Dove, affolée.

— Je ne m'inquiète pas pour lui outre mesure, répondit-il avec une confiance rassurante. Il a vécu pendant de nombreuses années dans l'ombre du danger et de la mort. Même à présent, il a gardé ses vieilles habitudes, j'en suis certain. Il a le sommeil très léger, et le moindre bruit suffit à l'éveiller, le trouvant prêt à frapper si besoin est, avec la dague dont il ne se sépare jamais, surtout pas la nuit.

Dove frissonna à l'évocation de la vie de ce compagnon d'armes de Marc. Ensemble, perpétuellement sur le qui-vive, ne se fiant à personne, ils avaient flirté avec la mort, et s'étaient ri du danger. Ils avaient tous deux dû affronter la barbarie des renégats du désert, pour rétablir la paix et l'ordre et subjuguer ces tribus sans foi ni loi qui attaquaient les caravanes des marchands, et pillaient, tuaient, violaient pour assouvir leur soif de violence. Lorsqu'un soldat était confronté à une telle sauvagerie, il en gardait forcément des traces toute sa vie, et s'endurcissait au-delà de toute pitié. Et même, ne considérait-il pas avec une certaine nostalgie ce passé où il pouvait s'adonner sans remords à ses instincts agressifs et destructeurs ? La différence était-elle bien grande entre des assassins et de tels hommes ? se demanda Dove avec effroi, car elle se retrouvait à présent seule dans le désert avec deux enfants sans défense et l'un de ces combattants fougueux et impitoyable.

L'aube se levait lorsque Dove aperçut une mosquée se profiler sur l'horizon. Bientôt, elle distingua des rangées de tentes, et quelques constructions en pierre, éparpillées. Marc se gara devant le poste de contrôle, et un soldat de la patrouille du désert les conduisit au bureau du major Yasin, qui ne sembla absolument pas surpris de leur visite.

— Eh bien, Marc, tes craintes étaient fondées ? observa-t-il en lui tapant chaleureusement sur l'épaule.

— Oui, malheureusement. Je ne m'inquiète pas trop pour Rahma ; il saura bien se défendre, mais j'ai préféré emmener ses enfants en lieu sûr, loin de la zone d'influence de Zaïd. Ton aide sera la bienvenue, Yasin.

Le major hocha gravement la tête.

— Demande-moi n'importe quoi. Je te l'accorde immédiatement, s'empressa-t-il de déclarer.

— Merci. Pendant notre repas, pourrais-tu nous préparer des vivres et quelques chameaux ? Et... ajouta-t-il en examinant Dove et les enfants, des vêtements arabes. Il nous faudra nous déguiser jusqu'aux camps bédouins, où nous serons enfin en sécurité, car jusque-là, je ne sais combien de tribus Zaïd aura réussi à corrompre.

« Etonnant comme les enfants s'adaptent aux circonstances les plus inattendues ! » songea Dove en les habillant de leurs volumineux vêtements d'emprunt. En effet, Salim et Bibi, follement excités par cette aventure imprévue, s'amusaient beaucoup, et, très fiers de leurs nouveaux atours, se ruèrent au-dehors en poussant des cris de joie. Dove, par-dessus ses propres habits, enfila une espèce de longue tunique informe, qui tombait jusque par terre, et s'enveloppa ensuite dans un immense châle assorti. Un turban devait compléter ce déguisement, et Marc pénétra dans la pièce au moment où elle enroulait l'écharpe autour de sa tête. Sans un mot d'excuse pour son entrée brutale, il lui tendit un flacon rempli d'une crème pâteuse, de couleur marron, à l'aspect visqueux.

— Frottez-en les parties découvertes de votre

corps, ordonna-t-il. Ne vous inquiétez pas, la teinture partira à l'eau.

— Dois-je vraiment en passer par là ? demanda Dove en regardant d'un air dégoûté cette espèce de boue noirâtre.

— Absolument, répondit-il. Votre teint pâle ne manquerait pas de nous attirer des ennuis. Venez ici, commanda-t-il d'un ton sans réplique. Vous n'avez pas de miroir. Je vais vous aider.

Dove subit avec un haut-le-cœur le contact de ses mains sur son visage. Il étala soigneusement la teinture sur ses joues, son front, ses paupières. Quand il l'appliqua sur son cou, elle dut serrer les poings pour réprimer un tremblement rageur.

Les doigts de Marc se firent plus doux, presque caressants, en effleurant la naissance de sa gorge, et la jeune fille ne put s'empêcher de sursauter au souvenir de sa bouche qui l'avait cruellement marquée à cet endroit. Marc devait lui aussi se rappeler ce fâcheux incident, car il devint tout à coup préoccupé, comme s'il regrettait de l'avoir meurtrie si durement.

Au prix d'un effort surhumain, Dove parvint à maîtriser son dégoût, et à supporter sans broncher la vue de cette bouche qui l'avait embrassée de force. Quel choc elle avait alors ressenti ! Sa naïveté innocente l'avait quittée d'un seul coup, en même temps que naissait au fond de son être la conscience de sa propre féminité...

Soudain, il la regarda droit dans les yeux, et grimaça un de ces sourires moqueurs qu'elle détestait.

— Je sens presque votre répulsion sous mes doigts, comme un rempart défensif élevé entre nous. Je ne vous ai pourtant rien infligé de bien abominable ! Je vous ai punie, c'est vrai, ricana-t-il. Mais j'aurais pu aller plus loin... beaucoup plus loin. Les jeunes occidentales ne sont généralement pas des parangons de vertu, mais je n'ai pas enfreint les limites imposées par la morale traditionnelle. En d'autres termes, Miss Grey, je vous fais l'honneur de croire en votre virginité, et n'ai pas cherché à vous déshonorer.

Comment se venger d'une humiliation aussi cuisante, de propos aussi insultants ? La main de Dove s'abattit soudain sur la joue de Marc en une gifle retentissante, et la jeune fille observa avec une fascination horrifiée la marque rouge de ses doigts se dessiner sur la peau bronzée de Marc Blais.

Une étincelle de fureur s'alluma dans ses yeux. Il l'attira violemment contre lui, et lui mordit cruellement la lèvre en l'embrassant sauvagement, lui arrachant un gémissement de douleur. Puis, il la repoussa sans ménagement, d'un geste furieux qui faillit l'envoyer rouler par terre. Dominant à grand peine son envie de pleurer, elle lui lança :

— Vous êtes une brute, un sadique, heureux de faire souffrir les autres !

— Et vous, une insensée, qui provoque à plaisir ma colère pour se délecter secrètement de mes punitions ! rétorqua-t-il avec un rire froid et sardonique, qui décupla le mépris dégoûté de Dove.

— Jamais ! hurla-t-elle.

Un vent froid du nord-est soufflait en ce début de matinée lugubre. Le soleil pâle parvenait à peine à percer un voile épais de brume et de poussière, quand le petit groupe se dirigea vers le puits près duquel leurs chameaux étaient attachés. Pour se donner une contenance, Dove s'affaira autour des enfants, et vérifia la fermeture de leurs burnous, seule protection contre le vent cinglant du désert et les tourbillons de sable.

Salim haussa les épaules impatiemment, et s'absorba dans le spectacle du chargement d'un de leurs chameaux : on arrimait solidement aux flancs de l'animal de lourds paniers remplis de dattes, de viande séchée, sucre, thé, sel, café et oignons.

— Nous partons en pique-nique, Miss Grey? demanda-t-il d'une voix joyeuse.

— Oui, répondit Dove distraitement. Nous partons en vacances avec M. Blais... pour quelques jours seulement, ajouta-t-elle sur un ton plein d'espoir.

Elle examina leurs montures avec appréhension. Ces bêtes énormes lui parurent terrifiantes, haut perchées sur leurs pattes frêles, les lèvres retroussées sur d'horribles dents jaunes et sales.

Pourtant Marc Blais sembla satisfait de leur acquisition. Il accrocha aux selles de grandes outres en peau de chèvre, et complimenta le Major Yasin en caressant le flanc rêche d'un animal.

— De magnifiques bêtes! lança-t-il. En parfaite condition! Eh bien, Miss Grey, poursuivit-il en se tournant vers la jeune fille, si je partage mon chameau avec Salim, vous sentirez-vous capable de demeurer sans tomber sur le vôtre, avec le secours de Bibi?

Folle de rage d'être ainsi ridiculisée, Dove devint cramoisie. Heureusement, le major Yasin la prit en pitié et manœuvra habilement un chameau qui s'accroupit devant elle pour lui permettre de s'installer aisément en selle. Bibi monta devant elle, en poussant un hurlement de joie. Epouvantée, Dove se sentit soudain soulevée dans les airs par une violente étreinte, et se retrouva perchée sur le dos de l'animal, dont les oscillations lui rappelèrent dangereusement le tangage d'un bateau.

— Bravo, Miss Grey! lui lança le major Yasin, pour calmer sa panique évidente et l'encourager. N'ayez pas peur. Les chameaux ont la réputation d'avoir très mauvais caractère, mais nous avons choisi le vôtre avec une attention toute particulière : il est très calme, et doué d'une endurance exception-

nelle. De toute manière, vous m'avez l'air courageuse, et dotée d'un sang-froid très britannique !

Elle eut à peine le temps de le remercier par un
pauvre sourire. Le petit convoi s'ébranla aussitôt,
Marc et Salim en tête, suivis du chameau portefaix,
et de Bibi et Dove. Ils avançaient au pas, et pourtant,
la jeune fille ressentait déjà de violentes crampes
d'estomac, et s'agrippait de toutes ses forces à la
taille de Bibi, redoutant à tout moment d'être
projetée sur le sol pierreux par l'ample balancement
de l'animal. Néanmoins, ses craintes se dissipèrent
peu à peu, et elle s'habitua au roulis de ce « vaisseau
du désert ». Marc lançait de temps à autre des coups
d'œil en arrière, et, satisfait de la tenue des deux
cavalières, accéléra bientôt l'allure.

Dove oublia rapidement ses symptômes nauséeux,
et commença à s'intéresser au paysage. Les steppes
caillouteuses cédèrent la place aux immenses étendues de sable, où poussaient quelques buissons
d'épineux très clairsemés et de rares touffes d'herbe
sèche. Les dunes commencèrent à poindre à l'horizon, et ils se rapprochèrent inexorablement de ces
abruptes montagnes de sable. Affolée par les difficultés de l'ascension malheureusement inévitable, Dove
se raidit et serra Bibi de toutes ses forces, tandis que
le chameau gravissait pas à pas la pente mouvante,
ballottant les voyageurs dans tous les sens.

Bibi prit grand plaisir à l'expérience, inconsciente
des frayeurs de sa co-équipière. Marc se retourna
pour s'enquérir de la fillette, mais de toute évidence
la peur et l'angoisse de Dove l'indifféraient au plus
haut point.

— Bibi va bien ? demanda-t-il.

Rassemblant tout son courage, Dove réussit à
articuler :

— Parfaitement bien.

— Mais pas vous ! railla-t-il. Nos chameaux man-
quent d'exercice pour le moment, mais avec de

l'entraînement, ils seront plus alertes d'ici deux jours.

— Deux jours ? interrogea-t-elle d'une voix faible. Notre destination est-elle donc tellement lointaine ?

— Vous semblez très ignorante des choses du désert, Miss Grey, répondit-il en riant. Dans ces vastes étendues de sable, les déplacements sont longs et difficiles ; la distance ne représente rien.

Vexée par ses airs supérieurs, Dove lança, sur un ton méprisant :

— Vous êtes français, et pourtant, vous parlez comme un authentique Arabe.

— Personne ne peut vivre dans le désert sans en être changé. Une telle expérience marque un homme pour la vie, déclara-t-il, comme étonné lui-même d'avoir presque oublié ses origines. J'ai passé plus de temps ici que dans mon propre pays. Cela suffit sans doute à expliquer mes affinités avec les Orientaux. Je suis désormais étranger au mode de vie de mes compatriotes, et suis devenu un vrai nomade. Je me sens tout à fait chez moi dans cette contrée sauvage, malgré ses aspects inhospitaliers. Le désert m'a littéralement envoûté. Rien ni personne ne rompra jamais ce charme.

Tout en poursuivant leur cheminement cahotant, écrasée de fatigue, Dove médita sur le sens de ses paroles. Marc Blais avait dû quitter la France très tôt, pendant son adolescence. Un homme aussi sévère et inflexible avait-il jamais pu dans le passé être jeune, sensible, impressionnable ? Dove se l'imaginait mal... En tout cas, sa facilité d'adaptation à la vie arabe indiquait un tempérament fier et sauvage, que n'aurait pas pu dompter la civilisation occidentale. Sa soif d'aventure et sa nature fougueuse l'avaient mené en Orient, et là, il avait tout de suite été conquis par ces hommes à la fois cruels et courageux, à la liberté débridée, aux coutumes et aux croyances étranges, imbus de leur noblesse d'âme, et qui pourtant traitaient leurs femmes comme des esclaves...

— J'ai faim ! gémit Salim.

L'excitation des enfants commençait à s'émousser, et Bibi, qui s'agitait impatiemment sur sa selle depuis quelques instants, sauta sur l'occasion :

— Mon estomac gargouille, Marc ! Pouvons-nous manger maintenant ? demanda-t-elle.

Bibi appelait Marc par son prénom le plus naturellement du monde, et Dove sursauta de surprise, complètement déconcertée. Il inspirait aux enfants une terreur sans nom avait-elle toujours supposé ! A son plus grand étonnement encore, Marc capitula immédiatement devant leur requête.

— D'accord ! consentit-il en leur jetant un regard empreint de douceur et d'indulgence.

Dove n'en revenait pas ! Marc Blais n'était pas totalement insensible, et se laissait attendrir !

Ils mirent pied à terre dans un creux au milieu des dunes, bien à l'abri d'éventuels poursuivants. Salim et Bibi récoltèrent assez de bois sec pour faire un feu, et Marc leur prépara du porridge, et du café bien fort pour lui et Dove. Perclue de courbatures, éreintée, la jeune fille était cependant farouchement déterminée à ne rien montrer de son état, car plus que tout elle redoutait le mépris triomphant de son compagnon.

Sous son regard narquois, elle avala sans sourciller sa portion de viande filandreuse et trempa son pain sec dans le reste de sauce. En levant les yeux sur lui, elle remarqua tout à coup son expression tendue et inquiète : il fixait avec attention un gros nuage noir sur la ligne mauve de l'horizon. Très vite, le ciel tout entier s'assombrit, et le jaune éblouissant du soleil vira au rouge foncé, comme le nuage se rapprochait dans un tourbillon impressionnant. Le vent se leva en rafales, s'engouffrant dans leurs amples vêtements. Marc bondit sur ses pieds, et ordonna sèchement :

— Vite ! Couchez-vous par terre avec les enfants,

et couvrez-vous bien la tête. Ne bougez plus jusqu'à nouvel ordre !

Ils obtempérèrent aussitôt tandis que lui-même se précipitait vers les chameaux. A peine quelques secondes plus tard, un écran de sable et de poussière s'abattit sur eux, les jetant dans une obscurité totale. Terrifiés, les enfants se mirent à pleurnicher, et Dove les serra contre elle, sous une couverture. Plaqués au sol, menacés d'être emportés par la tornade, ils résistèrent de toutes leurs forces aux assauts du vent déchaîné. Le sable pénétrait partout, s'infiltrait dans leur bouche et leurs narines, et leur piquait les yeux. La tempête leur sifflait aux oreilles dans un vacarme effroyable, et amoncelait une énorme masse de sable autour d'eux et sur leur dos, les étouffant à moitié. Dove s'efforça de rassurer les enfants de son mieux, en leur chuchotant doucement des paroles de réconfort : M. Blais, leur protecteur, veillait sur eux ; il les défendrait contre les pires calamités ; avec lui, ils ne couraient aucun danger... La force de sa propre conviction et la sincérité de son ton réussit heureusement à persuader les enfants. A son grand soulagement, leur épouvante se calma, et, pleins de confiance et d'espoir, ils se blottirent contre elle.

Et puis, brusquement, le vent retomba. Ils sortirent prudemment de sous la couverture, et découvrirent avec stupeur un paysage à la fois familier, et néanmoins totalement bouleversé : certaines dunes s'étaient aplaties, d'autres au contraire avaient gagné en hauteur, et des rochers avaient surgi çà et là, comme par enchantement. Quelques secondes plus tard, les oiseaux réapparurent dans le ciel. Encore tout étourdis, les enfants entreprirent de secouer le sable de leurs corps et de leurs vêtements.

Tout à coup, le blatèrement affolé d'un chameau attira l'attention de Dove. Marc revenait avec leurs montures, tout en tâchant de les calmer de la voix. Il lâcha les rênes et s'arrêta devant Dove, les traits contractés. Loin de la réconforter après une aussi pénible expérience, il resta là à la dévisager de ses yeux durs au reflet d'un gris métallique, cherchant de toute évidence à surprendre dans son expression des manifestations d'hystérie. Mal à l'aise, Dove attendait de sa bouche au pli méprisant un de ces sarcasmes cinglants qu'il affectionnait tant.

Mais Marc Blais ne dit rien et resta figé dans son attitude. Ils se regardèrent longuement en silence, et la jeune fille ressentit soudain une étrange impression de compréhension mutuelle, au-delà des mots...

« Suis-je devenue folle...? » se demanda-t-elle en cherchant désespérément comment combler ce vide vertigineux.

Mais Marc parla le premier, et son commentaire acheva de la désarçonner.

— Vous êtes une fille courageuse ! lança-t-il.

Et il se détourna.

Dove avait reçu par le passé bien d'autres compliments, mais jamais aucun ne l'avait autant touchée. Pendant un court instant, cet homme distant, inflexible et redoutable, avait reconnu en elle un être humain, et curieusement, son éloge la gonflait d'orgueil !...

9

Au cours de cette journée, bien malgré elle d'ailleurs, l'admiration de Dove grandit envers cet homme qui les conduisait vers leur destination avec une sûreté infaillible. Il s'arrêtait environ tous les kilomètres pour vérifier leur direction à la boussole, et fouillait sans relâche l'horizon de son œil d'aigle, reconnaissant à d'infimes indices le paysage sous ses apparences d'uniformité monotone.

Après la tempête de sable, le soleil commença à darder des rayons brûlants. Les enfants devinrent grincheux, et Dove s'employa à les distraire en leur enseignant des comptines et des chansons.

Marc prit bientôt la relève, avec beaucoup plus de succès d'ailleurs, au grand dépit de la jeune fille.

Pour un œil non exercé, le désert semble être la désolation incarnée. Mais grâce aux leçons de Marc, ils apprirent tous trois à y déceler les signes d'une vie secrète. Faisant preuve d'une patience insoupçonnée, il prit la peine de descendre de selle, et de s'accroupir sur le sol avec Salim et Bibi pour leur montrer de petits monticules artificiels, fabriqués par des colonies de fourmis industrieuses.

— Là-dessous, expliqua-t-il, se trouvent d'innombrables passages et galeries, creusés par les ouvrières de cette société d'insectes fascinante. Elles restent toute leur vie au service de la reine, complètement diforme à cause de son abdomen démesuré, et dont la seule tâche est de pondre pour assurer la perpétuation de l'espèce. Ces fourmis-ci sont chargées de trouver la nourriture, poursuivit-il en pointant son index sur un autre endroit. Extrêmement intelligentes, elles se dirigent d'après la position du soleil, exactement comme nous.

Ils se remirent en marche, et les enfants, enthousiasmés par leur découverte, posèrent de nombreuses questions sur le sujet. Marc leur répondit avec une patience étonnante, et une fois le thème épuisé, s'ingénia à garder leur intérêt en éveil. Ils observèrent ainsi une énorme araignée qui transportait ses petits agglutinés sous son ventre, un lézard à la queue hérissée de piquants, descendant direct des monstres préhistoriques, une vipère cornue à moitié enterrée dans le sable, un fennec en chasse...

Ils avançaient lentement, laborieusement, interrompus par ces leçons de choses improvisées. La bonne humeur des enfants semblait primer sur la rapidité de leur fuite. Le voyant une fois de plus scruter l'horizon, Dove s'aventura à l'interroger :

— Craignez-vous des poursuivants ?

— Au début, oui, mais plus maintenant, répondit-il. La tempête a effacé nos traces. Il est désormais inutile de se presser.

Harassée de fatigue, assoiffée, le front brûlant, Dove accueillit avec soulagement sa proposition d'installer le campement pour la nuit.

— Nous allons parvenir à une petite oasis, dit-il en pointant son index sur le lointain.

En effet, ils arrivèrent peu après aux abords d'une mare boueuse entourée de palmiers chétifs. Salim et Bibi dormaient debout, mais retrouvèrent cependant assez d'énergie pour aider à monter les tentes de peau, et ramasser des brindilles et des bouses de chameau séchées pour le feu.

106

— Que diriez-vous de haricots à la tomate pour le dîner ?

Ravis, les enfants acclamèrent la suggestion de Marc. Dove remplit les assiettes avec un petit pincement de cœur : de marque anglaise, les conserves lui rappelèrent la lointaine Angleterre. Elle savoura avec délices ce repas frugal, mais au goût exquis et si familier.

— Nous devons être les seuls voyageurs de cette contrée désolée ! remarqua-t-elle en léchant les dernières gouttes de sauce.

— Non ! répondit-il en riant de son ignorance. Nous sommes peut-être entourés de petits campements disséminés. Les nomades tiennent à préserver leur tranquillité, et s'installent rarement dans l'oasis même.

Dove caressait doucement les cheveux de Salim, endormi sur ses genoux. Bibi bâilla bruyamment, prête à s'effondrer elle aussi. Marc se leva, prit le garçon dans ses bras, et le porta jusqu'à son sac de couchage. Puis vint le tour de Bibi, qui sombra aussitôt dans un profond sommeil.

Embarrassée, Dove s'assit à côté de Marc devant le feu de camp. Il faisait encore jour, mais le soleil avait perdu de sa chaleur, et descendait rapidement sur l'horizon. Dans moins d'une demi-heure, une nuit noire les envelopperait. Soudain, Marc émit un rire étouffé.

— Débarbouillez-vous bien la figure, quand vous vous laverez ! suggéra-t-il. Vous ressemblez à un Peau-Rouge peinturluré pour une danse guerrière !

Dove couvrit promptement son visage de ses mains. Se sentant tout à coup épouvantablement grotesque, elle se leva d'un bond.

— Je vais me débarrasser tout de suite de cet enduit. Où sont la serviette et le savon ?

— Là-bas, dans les sacoches, expliqua-t-il en indiquant nonchalamment l'endroit du menton.

Puis, il s'étala voluptueusement devant le feu, en s'étirant. Dove s'éloigna en tapant furieusement du pied. Inutile de s'attendre à des galanteries de la part de cet homme ! Et de toute manière, elle ne voulait lui être redevable d'aucune faveur.

Dans la semi-obscurité, Dove trouva les affaires de toilette, et ôta son abominable déguisement. Puis, elle se dirigea vers le point d'eau. Sa peau la démangeait ; le sable et la poussière incrustés dans tous ses pores l'irritaient affreusement. Se déshabillant sous le couvert d'un buisson, elle secoua consciencieusement ses vêtements. Le contact de l'air frais sur son corps chaud et nu la fit frissonner.

Agenouillée au bord de la mare, le savon à la main, elle succomba à la tentation de s'y plonger en entier, et se lava à grande eau.

Rafraîchie, pleine d'une énergie nouvelle, elle rejoignit Marc qui considérait d'un air maussade le foyer rougeoyant. Il abandonna le cours de ses pensées moroses, et observa avec satisfaction le visage propre et détendu de la jeune fille.

— Euh... hésita-t-elle en lui lançant un regard inquiet. Où vais-je dormir ?

— Quelle question ! s'exclama-t-il en lui montrant la tente vide. Là, évidemment !

— Et vous ?

— Je monterai la garde toute la nuit. Je n'ai pas l'intention de dormir.

— C'est de la folie ! protesta-t-elle. Après une journée aussi épuisante, vous avez besoin de repos ; sinon, vous ne tiendrez pas debout demain !

— Miss Grey, ne vous inquiétez pas pour moi. J'ai l'habitude de me passer de sommeil. Quant à la fatigue, ajouta-t-il une lueur d'amusement dans les yeux, rassurez-vous. Cette petite promenade ne m'a pas affecté le moins du monde !

— Très bien ! Moi, en tout cas, je vais me coucher, déclara-t-elle.

Après tout, puisqu'il mettait un point d'honneur à jouer les hommes endurcis, elle n'allait pas s'apitoyer sur son sort ! Elle se leva un peu à contre cœur, car le bain l'avait réveillée, et elle se savait incapable à présent de trouver le sommeil avant un bon bout de temps.

— Restez bavarder avec moi, si vous voulez.

Sur le point de décliner une invitation prononcée aussi brusquement, Dove se ravisa et accepta.

— De quoi désirez-vous parler ? interrogea-t-elle en fixant le visage sombre et mystérieux faiblement éclairé par les flammes du foyer.

— De vous ! lança-t-il à la jeune fille médusée. Expliquez-moi donc pourquoi vous souhaitiez tant acquérir une si grosse somme d'argent.

Dans l'impossibilité d'articuler un son, Dove regretta amèrement de ne pas s'être retirée sous sa tente. Maintenant, les yeux gris la clouaient sur place, exigeant une réponse.

— Je... Je devais rembourser une dette... énorme, bégaya-t-elle.

— L'avez-vous fait ?

— Oui. Je ne dois plus rien à personne.

— Ah bon ? railla-t-il. Et ma dette ? L'auriez-vous déjà oubliée ?

— Je rembourserai le cheik Rahma par mon travail, répondit-elle en accentuant le nom de son prêteur avec emphase et dignité. Nos conventions sont claires sur ce point.

Avec une désinvolture affectée, Marc se pencha pour retirer un brandon du feu, alluma un cigare, et tira une longue bouffée, avant de déclarer, dans un nuage de fumée :

— Croyez-vous sérieusement à cette histoire ? Rahma ne se serait jamais abaissé à avancer de l'argent à une domestique !

Une sourde inquiétude étreignit la gorge de Dove.

— Qui d'autre m'aurait consenti ce crédit ? articula-t-elle faiblement.

Mais le sourire suffisant de Marc et la lueur mauvaise de son regard ne laissaient malheureusement subsister aucun doute à ce sujet.

— *Vous ?* s'écria-t-elle, horrifiée. Mais pourquoi ?

— Pour plusieurs raisons, commença-t-il de sa voix aux accents traînants. Par commodité : j'avais besoin d'une gouvernante très rapidement. Par curiosité aussi : je voulais voir quel effet aurait l'Orient sur une innocente telle que vous. Et puis par pur caprice... pour satisfaire mon orgueil de mâle, si vous préférez...

Il s'interrompit et inhala lentement la fumée de son cigare, jouant avec l'anxiété embarrassée de la jeune fille. Puis, il reprit, avec un sourire arrogant :

— Je me suis enfin décidé à suivre les conseils de mes amis, et à m'attacher les services d'une esclave consentante.

Un silence pesant tomba sur eux. Dans l'obscurité, un oiseau de nuit poussa un cri strident, et Dove tressaillit en se rappelant les craintes superstitieuses d'Alya pour qui le passage de ces animaux nocturnes signifiait toujours un mauvais présage. La gorge nouée par l'angoisse, elle s'obligea cependant à demander, d'une voix tremblante :

— Votre plaisanterie a maintenant assez duré, ne croyez-vous pas ?

Menaçante, l'ombre de Marc Blais la couvrait toute entière.

— Je ne plaisante pas. Expliquez-vous.

Dès le début, il s'était plu à la tourmenter, cherchant par tous les moyens à l'effrayer, et à lui faire prendre la fuite... Dove tenta de recouvrer quelque assurance, et exposa ses vues sur la situation :

— Je me réfère à la dissension entre Zaïd et vous, la seule justification vraisemblable à cette ridicule mascarade de fiançailles. Zaïd avait des vues sur moi, et vous avez voulu le contrecarrer. Mais je méjuge peut-être de vous... Seriez-vous resté assez civilisé pour ne pas demeurer indifférent aux difficultés d'une jeune Européenne perdue dans un pays lointain, importunée par les assiduités d'un homme grossier ?... Par ailleurs, continua Dove en réfléchissant tout haut, qui sait si vous n'avez pas agi par jalousie, pour vous assurer du soutien inébranlable du cheik Rahma dans un conflit ouvert entre vous et son frère ? De toute manière, une intrigue s'est nouée autour de nous, mais ni vous ni moi ne sommes dupes de cette comédie. Vous me considérez comme une épouvantable calamité et pour moi...

— Je vous en prie, achevez, Miss Grey, exhorta-t-il doucement.

— Vous êtes le démon en personne ! s'écria-t-elle en abandonnant tout sens de la modération. Non seulement vous êtes incapable de la moindre pitié, mais vous vous moquez éperdument des blessures que vous infligez aux autres !

Marc Blais se rapprocha silencieusement de la jeune fille. Les plis de sa longue cape semblaient prêts à l'envelopper comme d'immenses ailes noires.

— Je vous suivrai partout, tel un faucon guettant la blanche colombe... Et pourtant, cette image ne convient guère à une tricheuse sournoise de votre espèce !

Dove chancela sous l'insulte. Elle reconnaissait bien là la cruauté brutale de ce barbare ! En dépit des rares moments où il avait montré quelque humanité, il révélait à présent sa nature profonde, sa rage violente à faire souffrir. Elle étouffa un gémissement en songeant à ses méthodes abjectes. Ses caresses et ses baisers lui répugnaient, et cependant éveillaient perfidement ses sens ; il émanait de tout son corps une force et un magnétisme qui la réduisaient malgré elle à l'impuissance...

Dove recula d'un pas pour tenter d'échapper à ce pouvoir maléfique. Une terrible détresse s'empara d'elle quand il referma sa main sur son bras.

— Ne vous sauvez pas, Miss Grey ! Le délit de fuite est un crime grave...

— Je préférerais la mort à une vie passée à vos côtés ! lança-t-elle dans un cri hystérique.

— Assez de bêtises ! s'exclama-t-il en se raidissant d'un air furieux. Une nigaude comme vous ne sait rien de la mort.

Blessée dans son amour-propre, Dove se contracta, mais se détendit un peu en le voyant s'absorber dans ses pensées. Au bout d'un moment, il murmura, sur un ton morose :

— Personne ne connaît la mort, et pourtant, nous la craignons tous si fort... Je me demande pourquoi elle nous inspire autant de terreur...

Une vague de soulagement apaisa les appréhensions de la jeune fille : la fureur de Marc semblait être retombée. Le souvenir du danger et des épreuves du passé avaient pour l'instant radouci son humeur malveillante. Saisissant sa chance, Dove utilisa à son profit l'arme nouvelle de cette vulnérabilité insoupçonnée. S'efforçant au calme, elle se rassit près du feu et d'un geste de la main, invita Marc à l'imiter. A sa surprise, il accepta son offre silencieuse. Relâchant ses muscles, tel un animal fatigué de guetter sa proie, il se laissa tomber à terre et s'installa face à elle, appuyé sur un coude, les yeux rivés sur le visage nerveux de sa compagne.

— Vous avez perdu beaucoup d'amis ? questionna-t-elle doucement.

A vrai dire, Dove s'en moquait éperdument, mais elle voulait à tout prix entretenir Marc Blais dans cet état pensif et mélancolique, et en profiter pour se retirer le plus vite possible, au moment propice, sous la tente des enfants, où il ne lui arriverait rien de fâcheux.

112

— Racontez-moi, reprit-elle devant son expression sévère et figée. Cela fait parfois du bien de se confier.

Le regard absent de Marc reflétait les flammes dansantes du feu. Lorsqu'enfin il parla, ce fut sur un ton sec et amer.

— Comme vous le savez, j'ai servi dans un corps d'armée très spécial. Au début, les recrues étaient tirées des taudis des villes industrielles ou même des prisons, et le combat représentait pour ces soldats le seul espoir de connaître jamais une vie nouvelle, en se rachetant aux yeux de la société. Aujourd'hui, les choses ont changé. De valeureux jeunes gens viennent à la Légion non plus pour fuir et oublier, mais pour étancher leur soif d'action et d'aventure. Cependant, la rigueur des vieilles traditions est restée tout aussi inexorable. On envoie ces soldats là où aucune autre armée ne voudrait aller défendre les causes perdues, et se battre dans des conditions épouvantables. Les pertes sont immenses, mais comme les hommes rompent tous leurs liens au moment où ils s'enrôlent, les plaintes des familles ne parviennent jamais jusqu'aux chefs.

Soudain, il redressa brusquement la tête, jetant en pleine lumière l'expression ironique de son visage.

— Comme tout le monde, vous croyiez sans doute naïvement au mythe créé par le cinéma d'Hollywood : vous vous imaginiez les Légionnaires comme une poignée de héros défendant le désert contre une horde d'assassins indigènes ! Mais la rude réalité n'a rien à voir avec les films à grand spectacle : les marches forcées sous le soleil, les bas travaux quand, armés de pelles et de pioches, ils construisent des routes... C'est une vie de labeur, de soumission totale à une discipline de fer, avec pour seule récompense la perspective de vous faire trancher la gorge dans une embuscade... Ceux qui en réchappent, comme moi...

Il marqua un temps d'hésitation, puis se leva d'un bond. La ligne blanche de sa cicatrice se dessinait nettement sur le masque bronzé de son visage contracté. Dove se mit également debout.

— Eh bien, reprit-il d'un air maussade, je me demande constamment si j'aurais pu trouver le moyen d'épargner la vie de quelques-uns de ces jeunes gens, engagés souvent sur un coup de tête, parfois à cause d'une bêtise sans importance, ou d'un chagrin d'amour ! Tués dans la fleur de la jeunesse à cause de la fourberie d'une femme ! A cause de l'inconstance de votre sexe ! lança-t-il en secouant Dove furieusement. Ah, mon Dieu ! Si seulement ils avaient pensé aux douzaines d'autres friponnes prêtes à les consoler... Que de désespoir et de vies gâchées pour des amourettes aveugles et éphémères...

Alertée par ses exclamations rageuses, Dove tenta de s'échapper, mais trop tard, malheureusement. Il la serra brutalement contre son corps dur et musclé, lui arrachant des plaintes de douleur. La jeune fille commença par se débattre, mais abandonna bien vite toute velléité de lutte, car de toute évidence Marc Blais se piquait au jeu et semblait prendre grand plaisir à ce piment supplémentaire. Les proies faciles ne l'intéressaient pas. Il voulait se mesurer à un adversaire digne de lui, coriace et courageux. Plus sa victime lui résistait, plus il serait fier de remporter la victoire, et d'exercer sur elle une domination absolue, implacable. Dove s'imposa donc une froideur de marbre ; ses lèvres demeurèrent impassibles sous le feu passionné de la bouche qui dévorait la sienne.

Néanmoins, intérieurement, elle plaignait cet homme et versait sur lui des larmes de compassion ; sa haine des femmes l'empêcherait à tout jamais de connaître l'amour. Si la violence de cet horrible sentiment pouvait un jour être déviée de son cours destructeur, Dove deviendrait incapable de résister à

114

Marc, elle le sentait confusément. Car, à son insu, il lui avait révélé son corps, en allumant en elle des sensations d'une intensité jusque-là insoupçonnée. Pendant des années, les sens de la jeune fille avaient sommeillé dans une sorte d'inconscience léthargique, ignorant ses exigences profondes et le besoin fondamental du contact physique, intime. Cependant, en dépit de sa naïveté et des ravages provoqués par les caresses de Marc Blais, Dove ne se méprenait pas sur la nature de ses émotions. Elle était loin de l'exultation de l'amour, car il leur manquait d'éprouver l'un pour l'autre cet attachement fait d'abnégation, d'estime et de tendresse, sans lequel l'ardeur du désir n'est qu'un feu de paille.

— Maudite Anglaise ! maugréa-t-il soudain entre ses dents. Vous provoquez mon orgueil et défiez ma sagesse si durement conquise ! Cessez de me combattre, succombez à la tentation ! Reconnaissez la réalité de votre désir physique ! De toute manière, j'aurai le dernier mot.

Sidérée par tant de cynisme, Dove s'arracha à l'étreinte de ses bras. Jamais elle ne se rendrait à cet homme qui l'humiliait et tenait les femmes dans un si profond mépris.

— Pourquoi m'avez-vous amenée ici ? sanglota-t-elle. Pour me poursuivre de votre vengeance, me torturer ? Je compatis à vos épreuves. Je comprends votre douleur devant la mort de tant d'hommes courageux. Mais je ne porte pas sur mes épaules tous les crimes commis par les femmes. Vous ne pouvez pas me tenir responsable de toutes les fautes commises par mon sexe depuis Eve !

Mais ces mots ne produisirent sur lui aucun effet. En sentant les mains de Marc se poser sur elle, Dove ferma les yeux. Inutile de s'acharner à protester vainement... Elle se raidit au contact de son souffle brûlant sur sa joue, souhaitant de toutes ses forces se muer sur place en statue de marbre froid...

Les lèvres pressantes de Marc Blais glissèrent lentement sur ses joues pâles au dessin gracieux, se posèrent un instant sur ses paupières fermées, et redescendirent sur sa bouche frémissante, étouffant ses plaintes de protestation. Malgré elle, Dove sentit sa résistance s'affaiblir, puis craquer, tandis qu'un ouragan de passion dévastait son corps. Là, au beau milieu du désert, sous un ciel constellé de myriades d'étoiles scintillantes, dans cette contrée qui avait jadis été le jardin d'Eden, le paradis terrestre, où avaient vécu le premier homme et la première femme de l'histoire de l'humanité, Dove allait être initiée aux mystères de l'amour, connaître enfin l'assouvissement de ses désirs ardents...

Discernant aussitôt le changement d'attitude de la jeune fille dont les lèvres se réchauffaient et le corps cessait de se cabrer, Marc Blais, habilement, se fit plus doux, presque tendre. Il se mit à lui murmurer à l'oreille des mots d'amour qui achevèrent d'embraser son âme.

Dove avait déjà à moitié perdu la raison quand, dans l'air cristallin, s'éleva une petite voix enfantine, assez aiguë et insistante pour la ramener à la réalité :

— Miss Grey ! appelait Bibi debout devant sa tente en frottant ses yeux ensommeillés. J'ai soif. Puis-je avoir un verre d'eau ?

10

Salim et Bibi furent éveillés peu après l'aube par les voix d'autres enfants. Allongée auprès d'eux, Dove avait passé une nuit sans sommeil, et leur accorda distraitement la permission de se lever pour faire connaissance avec les inconnus.

Elle reculait le plus possible l'instant où il lui faudrait affronter le regard de cet homme abominable plus violemment haï encore depuis l'incident de la veille au soir. Elle se renfonça bien au chaud dans son sac de couchage, mais fut bientôt obligée, malgré son peu d'enthousiasme, de répondre aux appels rieurs des enfants. Dove s'extirpa donc prudemment de la tente, et fut soulagée de ne percevoir aucun signe de la présence de Marc Blais, dont résonnaient encore à son oreille les furieuses imprécations, cette nuit, lorsqu'elle s'était arrachée à son étreinte.

Salim et Bibi bavardaient avec trois enfants venus avec un âne remplir d'eau deux *guerbas* vides. Le plus grand, âgé d'une dizaine d'années, copiait déjà la conduite de ses aînés. Armé d'un bâton, il dirigea l'animal vers la mare, et attendit placidement pendant que les deux petites filles effectuaient le remplissage des réservoirs en peau de chèvre. Tous trois étaient habillés d'amples tuniques, taillées très sommairement dans de grands carrés de tissu au milieu desquels on avait découpé un trou pour passer la

tête. Leurs cheveux noirs, très frisés, faisaient ressortir leurs grands yeux sombres et graves. Bibi se
chargea des présentations :

— Voici Shamir et ses deux sœurs, Jazi et Dina. Ils
campent à trois kilomètres d'ici. Marc est parti parler
à leur chef.

— Très bien, souffla Dove, momentanément
délivrée de ses craintes. Je vais préparer le petit
déjeuner. Peut-être, ajouta-t-elle en remarquant le
regard des petits Arabes fascinés par le halo de ses
cheveux blonds, vos nouveaux amis accepteront-ils
de se joindre à nous ? Je t'ai entendue leur parler en
français, Bibi. Demande-leur, car je ne connais pas
cette langue.

Bibi transmit l'invitation de bonne grâce, mais le
petit groupe continua à fixer Dove d'un air incrédule.
Jusqu'à son apparition, ils avaient discuté joyeusement avec Salim et Bibi. Mais maintenant, ils se
sentaient gênés par cette étrangère, à la peau d'une
blancheur laiteuse et aux cheveux de la couleur du
soleil.

Dove mit en œuvre ses connaissances de la psycho-
logie enfantine. Tournant le dos aux enfants intimi-
dés, elle entreprit de raviver les braises du feu de
camp, mais, à dessein, d'une façon très maladroite.
Elle souffla sans succès sur les cendres chaudes, et
après quelques instants d'observation silencieuse, le
garçon marmonna quelque chose à ses sœurs, et
s'approcha en secouant la tête d'un air supérieur.

Les deux filles revinrent bientôt après avoir exé-
cuté ses instructions, et déposèrent des branches de
bois sec et des touffes d'herbe jaune. Réprimant un
sourire, Dove s'écarta et le laissa disposer en fais-
ceaux les morceaux de bois. Une fois les brandons
enflammés, il les plaça sous les cendres chaudes, puis
attisa consciencieusement les braises. Lorsqu'il se
releva, un large sourire illuminait son visage. Le feu
avait repris.

Le petit déjeuner se transforma en une désopilante partie de fou rire. Bibi et Salim abandonnèrent l'usage de la cuillère pour manger leur porridge, et se barbouillèrent la figure en essayant d'imiter Shamir et ses sœurs, qui se débrouillaient parfaitement avec leurs doigts.

Marc Blais revint sur ces entrefaites. L'expression de Dove se glaça instantanément en le voyant descendre de chameau et se diriger vers eux à grande enjambées. Bibi et Salim coururent à sa rencontre, mais il répondit à leurs effusions d'un air absent. Dove s'empourpra sous son regard où perçait une perplexité inhabituelle. Si elle ne l'avait pas aussi bien connu, elle aurait même pu interpréter cette lueur comme de l'inquiétude. Cependant, son ironie coutumière réapparut bien vite.

— Bonjour ! lança-t-il d'une voix grave. Comment vous sentez-vous ?

— Mal, à cause de vous ! s'écria-t-elle sur un ton brusque, surprise néanmoins de cette marque d'intérêt.

Il redressa fièrement les épaules, comme si cette pique ne l'atteignait pas, mais conscient de la curiosité indiscrète des enfants, changea de sujet :

— Ces trois petits Bédouins appartiennent à la tribu que je recherchais. Par une loyauté indéfectible envers Rahma, ils offrent leur protection à ses enfants. Nous les rejoindrons après avoir levé le camp.

En l'aidant à ranger les affaires, Dove le sentit subitement plus détendu. Ses nerfs avaient été mis à rude épreuve pendant les dernières vingt-quatre heures, car à lui avait incombé la lourde responsabilité de guider les héritiers du cheik en lieu sûr, à travers une région infestée de bandits, et où pouvaient se dissimuler aisément les suppôts de Zaïd. Pourtant il n'avait jamais trahi la moindre inquiétude ; au contraire, il les avait divertis, et s'était amusé avec eux pour les rassurer, tout en surveillant de son œil perçant chaque repli dans les dunes, les moindres bruissements d'herbe ou empreintes de chameau.

— Mon déguisement est-il encore nécessaire ? s'enquit Dove sur un ton presque implorant.

Son pull et son pantalon, roulés et rangés dans une sacoche de selle, seraient insupportables en plein midi, mais elle les préférait de toute façon à cette tunique encombrante, et d'une propreté douteuse.

Marc Blais considéra gravement la question avant de prendre une décision.

— Vous pouvez vous dispenser de la teinture. Les Bédouins se montreront indulgents envers la gouvernante des enfants. Ils seront prêts à faire des concessions à une Anglaise. Toutefois, ils apprécient avant tout la modestie et la pudeur chez une femme, et je vous conseillerais de conserver cette tenue. Ils trouveraient indécents vos vêtements moulants.

Le rouge monta aux joues de la jeune fille, outrée. Quelques mots bien sentis suffisaient à cet homme pour lui infliger la honte d'un affront cuisant. Décidément, elle avait eu tort de s'apitoyer sur lui tout à l'heure, et de lui prêter des réactions normales. Sa nature caustique l'empêcherait toujours d'éprouver des sentiments simples et naturels. Vexée par son manque de délicatesse, Dove faillit taper du pied et se mettre à hurler de rage et de dépit, mais elle se contint dignement, et décida de l'ignorer.

Ils parcoururent au petit trot les trois kilomètres et Dove vit surgir devant ses yeux un éparpillement de tentes en peaux de bêtes, ainsi que de nombreux chameaux et chèvres attachés à des pieux ou à de maigres arbustes. Des femmes voilées, enveloppées de châles par-dessus leurs longues robes, vaquaient à leurs occupations quotidiennes.

Dès leur arrivée, un rassemblement se forma autour d'eux, conduit par le chef de la tribu.

— Salutations, Hamil !

— Sois le bienvenu, mon ami Marc !

Pendant qu'ils se donnaient l'accolade, Dove laissa errer son regard sur le groupe de la tribu. La timidité des femmes l'étonna profondément : elles avaient encore relevé leurs voiles pour se dérober le plus complètement possible à la vue d'une étrangère. Quant aux hommes, ils l'embarrassaient en évitant soigneusement de poser les yeux sur son visage dénudé.

Lorsque le chef frappa dans ses mains, deux femmes s'avancèrent pour prendre en charge Salim et Bibi. Dove s'était accoutumée au comportement dédaigneux des Arabes à l'égard des femmes : ils ne reconnaissaient leur existence que contraints et forcés... Cependant, lorsque tout le monde s'éloigna, elle resta seule, et se sentit affreusement abandonnée.

Apercevant soudain son air abattu, Marc Blais lui sourit et interrompit sa conversation avec le chef pour faire les présentations :

— Chef Hamil, voici Miss Grey. Comme vous vous en doutez, elle est européenne, anglaise, plus précisément.

Le chef s'inclina poliment devant elle, et reprit le cours de son entretien avec Marc, en anglais cette fois, sans doute par égard pour elle.

— Un messager nous a informés de la présence de Miss Grey au palais, et de sa future union avec vous, Marc. On nous a par ailleurs priés de veiller sur vous et les enfants. Le complot a été étouffé, et dans deux jours, lorsque tous les insurgés seront débusqués et sous les verrous, vous pourrez retourner là-bas sans crainte.

Marc hocha la tête impatiemment, comme si ce discours ne lui apprenait rien de neuf. Le chef sourit et continua :

— J'ai toutefois omis de mentionner une partie

importante du message, qui vous comblera de joie, vous et votre fiancée.

Dove tressaillit, avertie par la prémonition d'un danger imminent.

— Le cheik Rahma a ordonné, reprit Hamil, de ne pas différer votre mariage. La cérémonie se déroulera ici-même, dans mon camp, une semaine jour pour jour après vos fiançailles, selon la tradition. Je me ferai évidemment un plaisir de veiller moi-même à l'exécution de cet ordre.

Les deux hommes ne semblèrent pas remarquer l'expression scandalisée de Dove, et s'éloignèrent d'un pas nonchalant, tout en continuant à deviser. Dove se retrouva seule, folle d'une rage impuissante. Les yeux fixés sur eux, elle tenta d'endiguer sa peur en murmurant tout bas, comme pour se consoler :

— Marc Blais n'a aucun moyen de me forcer au mariage. Je suis une Européenne, et lui aussi. Entre gens civilisés, nous nous devons d'observer les règles de la bonne société.

Pourtant, tout au fond d'elle-même, une petite voix la mettait en garde : Marc Blais, ce Français arrogant, n'avait plus aucun lien avec la civilisation. Il était devenu aussi sauvage que les hommes parmi lesquels il avait choisi de vivre désormais. Il se conformerait aux lois séculaires de la vie du désert : les femmes n'étaient jamais considérées comme des êtres humains à part entière, mais comme des esclaves, totalement asservies aux hommes, leurs seigneurs et maîtres. Si Dove tentait d'invoquer son droit de choisir librement son mari, on la regarderait sans comprendre, et on la prendrait pour une folle.

Une jeune Arabe, drapée dans ses voiles, lui fit signe, et Dove la suivit dans une tente dont les peaux ocre rouge étaient tendues sur un cadre de bois. Le côté nord, à l'abri du soleil, restait ouvert. Des nattes de jonc tressé avec des lanières de cuir, enroulées autour des mâts, étaient prêtes à servir de coupe-vent, en cas de besoin.

La jeune fille lui montra avec fierté le tapis recouvrant la terre battue.

— Le sol devient très froid durant la nuit, expliqua-t-elle dans un anglais hésitant. Cette couverture vous isolera bien.

Dans un coin de la tente, étaient rangés un plateau en cuivre, une théière bleue émaillée, et six verres à thé dans un coffret en cuir. En face, un grand sac aux couleurs vives, décoré de glands et de lanières, était fermé par un cadenas de bronze. La jeune fille lui tendit une clef.

— Vous y rangerez vos vêtements, expliqua-t-elle dans un chuchotement timide, en se tournant à demi pour montrer à Dove comment elle attachait sa propre clef dans un coin de son châle.

Dove acquiesça d'un signe de tête. Les yeux de la jeune fille, seule partie visible de son visage, resplendissaient de bonté. Les lourdes nattes de cheveux noirs dépassaient sous son châle. Des colliers d'or et d'ambre pendaient à son cou, et d'innombrables bracelets de perles bleues ornaient ses poignets.

— Comment vous appelez-vous ? demanda Dove avec un sourire.

— Naomi, murmura-t-elle. Je suis la plus jeune femme du chef ; il m'a chargée de veiller sur votre confort pendant votre séjour parmi nous.

— Je vous remercie de votre hospitalité, répondit Dove en réprimant à grand-peine un frisson d'appréhension qui n'échappa pas à sa compagne. Malgré tout, je suis anxieuse de retrouver le palais le plus rapidement possible.

Naomi la dévisagea curieusement, puis détourna vivement les yeux. Sans laisser à sa compagne le temps de parler, elle proposa :

— Voulez-vous du thé ? Notre climat épuise les étrangers. Vous semblez exténuée.

Dove se sentait effectivement éreintée et complètement amorphe. La chaleur torride de la journée lui donnait des nausées et des migraines épouvantables.

— J'en boirais une tasse avec plaisir, déclara-t-elle avec gratitude en se laissant tomber sur un gros pouf en cuir.

Naomi alla remplir la bouilloire à une outre suspendue à l'extérieur. Dove avait du mal à garder les yeux ouverts. La fatigue du voyage, ajoutée à celle d'une nuit sans sommeil, l'écrasait. Elle observa distraitement Naomi préparer le rituel du thé, poser les verres et la théière sur le plateau, mesurer soigneusement la quantité de menthe et de feuilles de thé, et enfin verser l'eau bouillante en ajoutant au mélange un gros morceau de sucre. Après avoir laissé le tout infuser quelques minutes, elle emplit un verre du liquide brûlant et odorant, le goûta, et, satisfaite, en remplit un deuxième, qu'elle tendit à Dove. Visiblement inquiète de la pâleur et de la tristesse de son invitée, elle entreprit de l'égayer un peu.

— Nous avons commencé à coudre votre robe de mariée, annonça-t-elle timidement. Je vous prêterai mon châle en cachemire. Il est très beau, et je l'ai porté une seule fois, le jour de mon propre mariage, il y a quelques mois.

Dove reposa son verre d'une main tremblante.

— Je ne veux pas me marier, Naomi, déclarat-elle, d'une voix cassée par le désespoir. Je vous en prie, aidez-moi à m'enfuir, à me mettre en contact avec mes compatriotes.

Naomi eut un mouvement de recul, et se raidit, visiblement choquée.

— Vos mœurs diffèrent beaucoup des nôtres, rétorqua-t-elle d'un air sage et guindé, je le sais bien. Mais tout de même, vous devriez vous montrer plus reconnaissante envers M. Blais pour l'immense faveur dont il vous honore. C'est un homme d'un grand courage, très respecté par ceux de ma tribu. Et il ne possède pas d'autres femmes, ajouta-t-elle en ponctuant sa remarque d'un regard significatif. Il tient d'ailleurs beaucoup à vous. Il l'a confié lui-même à mon mari. Il ne compte pas prendre d'autres épouses, et vous demeurera fidèle. Quelle chance vous avez ! Puisse votre mariage durer de longues et heureuses années, et vous donner de nombreux fils ! Je prierai le ciel qu'il en soit ainsi !

Naomi se leva, et conseilla doucement :

— Maintenant, il faut vous reposer. Mon mari vous trouve trop fragile, et vous commande de reprendre des forces avant le grand jour. Une jeune épouse se doit d'offrir à son mari un corps vigoureux et épanoui.

Une vague de désespoir et de lassitude s'abattit sur Dove. Naomi déroula les coupe-vent pour lui permettre de s'endormir au calme et dans l'obscurité.

— Et les enfants ? interrogea Dove faiblement.

— Ne vous inquiétez pas. Nous nous occupons d'eux, lui assura Naomi. Il faut récupérer pour être belle et réjouir le cœur et les yeux de votre futur mari. Ne pensez à rien d'autre pour l'instant.

Un bâillement irrépressible empêcha la jeune Anglaise de lui répondre. Naomi s'éclipsa sur la pointe des pieds.

« En tout cas, j'ai réellement besoin de sommeil ! » soupira-t-elle d'un air résigné en s'installant douillettement sur une couverture. « Je n'ai même plus le courage de réfléchir... »

Elle fut réveillée quelques heures plus tard par un bruit à l'intérieur de la tente. Ouvrant à demi les paupières, elle aperçut la lueur d'une lampe à huile, et s'assit d'un bond en reconnaissant la silhouette imposante de Marc Blais.

— Quelle heure est-il ? interrogea-t-elle d'une voix neutre pour dissimuler le tumulte de ses émotions.

— Très tard, répondit-il d'un air grave.

Il ressemblait vraiment à un homme du désert, dans ce burnous flottant. Sous son turban, ses yeux de braise fixaient attentivement les joues empourprées de la jeune fille, ses paupières gonflées de sommeil, et ses lèvres enfantines et vulnérables. De son pied, il approcha un pouf et s'assit en face d'elle. A son grand embarras, Dove se mit à trembler de nervosité. La proximité de cet homme viril et menaçant l'effrayait. Il la désirait. L'expression de ses traits et sa façon de contempler sa beauté sans défense le lui proclamaient. Néanmoins, la lueur de mépris persistait dans ses yeux gris. Il se défiait d'elle, et se sentait pourtant attiré par cette petite fleur des neiges qui lui résistait avec acharnement.

Il se pencha vers elle. Son rictus et l'intonation de sa voix trahissaient une colère sourde. L'incident de la veille avait terriblement offensé sa susceptibilité.

— Je subis un véritable supplice de Tantale, lança-t-il.

Dove ne voulait pas se risquer à heurter de front son tempérament violent. Il lui en voulait déjà beaucoup, et si elle aggravait son ressentiment, il se vengerait cruellement.

Cependant, il ne fallait pas songer à s'échapper. La main de Marc Blais lui saisit le menton et l'obligea à le regarder droit dans les yeux.

— Quelle est votre véritable nature ? murmura-t-il d'un ton songeur. La puritaine qui se dérobe à moi, ou la séductrice qui fond dans mes bras quand je l'embrasse ?

Le souvenir de sa propre faiblesse envahit Dove de dégoût et de rage.

— Votre imagination, monsieur, n'a d'égale que votre suffisance ! s'écria-t-elle. Vous m'avez toujours embrassée de force, et malgré vous, contre votre volonté ! Reconnaissez-le ! Vous justifiez votre désir en invoquant la perfidie diabolique des femmes, que vous méprisez. Comme vos amis arabes, vous les traitez en créatures viles et indignes, et refuserez toujours d'admettre leur charme et leur valeur !

Il la considéra longuement, les sourcils froncés. Dove s'attendait à tout moment à le voir bondir sur elle pour lui infliger une punition sévère. Au bout de plusieurs minutes d'un silence pesant, il se décida enfin à lui répondre :

— Dans cette société, les hommes considèrent Eve, la mère de l'humanité, comme l'instrument du péché et de la corruption. Ils ont raison de condamner les femmes, car sans elles, ils n'auraient pas à lutter contre leur nature lubrique et leurs bas instincts. Mais la vie est un combat perpétuel entre l'esprit et la chair. S'il ne peut pas réprimer ses besoins, l'homme doit les satisfaire. C'est pourquoi il se marie. Le mariage est préférable au péché et à la luxure.

Le sens de ses paroles échappa d'abord à Dove. Elle fixa ses traits impassibles, sa mâchoire déterminée, sa bouche ironique... Petit à petit, la lumière se fit dans son esprit.

— Vous n'êtes pas sérieux ! s'écria-t-elle, en écarquillant des yeux horrifiés. Vous n'envisagez pas réellement le mariage entre *nous !* En tout cas, je m'y oppose ! lança-t-elle avec violence. Je refuse d'assister à la cérémonie. Je m'enfuierai, s'il le faut, même en plein désert, mais je ne me soumettrai pas à cette comédie humiliante, dénuée de toute signification pour moi !

Ces propos furieux ne firent à Marc Blais aucun effet. Il ne daigna même pas se mettre en colère. Folle de rage, Dove écouta sa réponse où perçait une pointe d'amusement :

— La fiancée ne joue aucun rôle dans la cérémonie du mariage. Quant à une fugue, elle serait très favorablement considérée par les Bédouins. Sans le vouloir, vous perpétueriez leurs traditions millénaires. Par pudeur, et pour prouver leur virginité, les jeunes fiancées s'enfuient en criant dans le désert. Les femmes de la tribu les rattrappent, les ramènent de force, et les jettent dans les bras de leurs maris.

Attentive à la description de cette coutume, Dove ne douta pas un instant de sa véracité. Rien n'était impossible, dans ce pays de barbares !

— Après cette précision indispensable, reprit-il, je voudrais aborder avec vous un autre sujet. Vous vous obstinez à m'appeler monsieur. Dorénavant, nous nous adresserons l'un à l'autre par nos prénoms. Je l'exige. Ce sera d'ailleurs plus conforme à la simplicité des manières du peuple bédouin. J'aurai sans doute plus de mal que vous ! ajouta-t-il sur un ton narquois. Votre nom est tellement ridicule !

— Comment osez-vous ! s'écria-t-elle, indignée. Mes parents m'ont prénommée ainsi parce que Dove additionnait les deux premières lettres de leurs prénoms, Donald et Vera.

— Vous avez des parents ?

— Oui, lança-t-elle avec amertume. Je ne suis pas comme vous, façonné de granit et de peau de chameau !

Ignorant l'insulte il se leva et l'attira à lui, sous la lumière de la lampe.

— Eh bien, ma petite, murmura-t-il, parfaitement à l'aise. Conformément à la coutume, nous ne nous reverrons pas pendant les trois jours précédant notre union.

La serrant brutalement dans ses bras, il effleura ses lèvres d'un baiser moqueur, et murmura :

— Trois jours à attendre... Et vous serez ma femme...

11

Pendant trois jours, le camp bourdonna comme une ruche. Les hommes festoyèrent, servis par les femmes qui étaient exclues de la fête et des réjouissances. Prisonnière dans sa tente, Dove, morte d'ennui, subissait une cure de repos forcé. Enfin, le matin du quatrième jour, Naomi apparut les bras chargés de vêtements et de parures. Dove leva sur elle des yeux étincelants d'indignation.

— Comme vous paraissez fraîche et belle ! s'exclama Naomi en posant son fardeau à terre. Mon mari avait raison, n'est-ce pas ?

— J'avais effectivement besoin de repos, approuva Dove sèchement. Mais mon état ne nécessitait pas une aussi longue claustration. Pour l'amour du ciel, quand serai-je autorisée à sortir ? Cette inactivité me rend folle !

— Aujourd'hui, répondit Naomi en souriant. Je vous ai apporté votre robe de mariée. Je vais vous aider à vous préparer.

Frappée de stupeur, Dove resta muette. Certes, la menace de ce mariage pesait sur elle depuis trois jours, mais elle s'était obstinément refusée à y croire. A l'époque de la libération de la femme, un événement aussi ridicule ne pouvait pas se produire ! L'esclavage était aboli depuis longtemps ! Elle recou-

rait fatalement sa liberté, d'une façon ou d'une
...e...

...omi déplia respectueusement la robe de mous-
...blanche.

— Avant de revêtir votre lingerie, vous devez
...ous laver les pieds dans un vase propre et asperger
de cette eau les quatre coins de la tente, expliqua
Naomi. Ce geste vous attirera la bénédiction des
Dieux. Ensuite, je mettrai du khôl sur vos paupières,
et teindrai vos mains et vos pieds de henné. Comme
vous l'avez remarqué, continua-t-elle devant Dove
médusée, nous avons pris grand soin de votre nourriture ; vous n'avez pas mangé de pommes acides, ni de
vinaigre ou de moutarde.

Dove ne prit même pas la peine d'interroger
Naomi sur les raisons de ces singulières habitudes.
Complètement abasourdie, elle se soumit docilement
aux soins de la jeune femme. Mais lorsqu'arriva le
moment de la teinture au henné, elle se rebella.

— Non merci, Naomi, dit-elle en croisant les
mains derrière son dos.

— Mais il le faut ! protesta-t-elle. Le henné vous
gardera du diable. Sinon, vous vous disputerez avec
votre mari !

Sans comprendre pourquoi, Dove, tout à coup,
éclatat de rire, elle insista :

— Je vous en prie, juste un petit peu !

Mais Dove demeura inflexible, et gagna cette
petite bataille.

— Alors prenez ceci ! supplia Naomi en lui tendant une amulette. Glissez-la sous la couche nuptiale. J'ai déposé un œuf dans votre tente. Vous
devrez le casser immédiatement après avoir franchi le
seuil, pour conjurer la stérilité. Car si par malheur
vous ne parveniez pas à donner un fils à votre mari, il
vous répudierait !

Dove acquiesça pour la calmer, mais se jura en
secret de ne pas toucher à cet œuf !

Quand Naomi lui passa sa robe sur les épaules, elle eut un nouveau choc : le voile transparent ne dissimulait rien des courbes de son corps !

— Je ne peux pas sortir ainsi vêtue ! s'écria-t-elle, scandalisée. Comment votre peuple si pudique s'accommode-t-il d'une telle tenue ?

— Votre mari sera le seul à vous voir ainsi ! répondit Naomi, offusquée. Pour vous rendre à la tente nuptiale, vous serez voilée, et soigneusement dissimulée aux regards. Votre beauté n'appartient qu'à votre époux. Tenez, dit-elle en lui tendant un miroir. N'êtes-vous pas resplendissante ?

Même pour satisfaire Naomi, Dove n'arriva pas à feindre l'intérêt pour le reflet de son image. Ses yeux gris auréolés de khôl lui semblaient étrangers. Des étoiles et des croissants d'or prêtés par les femmes de la tribu garnissaient son front pour l'assurer de la bénédiction du ciel. Perché sur le sommet de son crâne, un ridicule support en carton attendait de recevoir le magnifique châle de Naomi savamment enturbanné.

— Etes-vous heureuse ? implora sa compagne.

Dove haussa les épaules.

— Tout ceci ne représente strictement rien pour moi, et me laisse complètement froide et indifférente.

L'air inquiet et ennuyé, la jeune femme hésita un instant, et bredouilla :

— Tout ne va pas pour le mieux entre vous et M. Blais, n'est-ce pas ? Pourtant l'ardeur du désir dans les yeux de la jeune mariée peut arranger bien des choses...

Dove pâlit davantage encore, et murmura :

— Peut-être, Naomi, mais il arrive aussi que naisse le désespoir de la satisfaction d'un tel désir...

Dissimulée jusqu'aux yeux dans une grande cape et d'innombrables écharpes et foulards, Dove fut accompagnée par les femmes de la tribu jusqu'à la tente nuptiale. Le lit attirait les regards, recouvert de soie bleue rebrodée des heureux présages des étoiles, du croissant de lune et d'un cercle parfait, symbole de l'amour éternel. Au centre de la tente trônait une chaise sur laquelle la « reine » devait s'asseoir pour attendre son « roi ». Naomi fit sortir les femmes, et confia à Dove :

— Par un trou dans le mur, nous assisterons à la fête. C'est défendu, mais quelques-unes d'entre nous désobéissent de temps en temps. Il le faut bien, car si nous ignorons ce qui plaît aux hommes, comment réussirons-nous à les divertir ? demanda-t-elle malicieusement.

Terriblement mal à l'aise dans son déguisement, vide de toute émotion, Dove se plaça à côté de Naomi, et épia en sa compagnie le spectacle des réjouissances. Au milieu d'un cercle où les hommes se bousculaient, criaient et gesticulaient, deux béliers fraîchement tondus, aux cornes enroulées, paradaient.

— Faites place ! Place au lion des sables ! criait le propriétaire de l'un d'eux.

— Mon bélier se battrait victorieusement contre un éléphant, s'il s'en trouvait un dans ce désert ! se vanta le deuxième.

Puis, ils lâchèrent les bêtes, qui chargèrent aussitôt. Par trois fois, se dressant sur leurs pattes de derrière, ils se cognèrent mutuellement le front dans un bruit sourd. La quatrième fois, sous les yeux horrifiés de Dove, leurs cornes s'emmêlèrent, et on dut les séparer. Mais le combat reprit immédiatement. Le cœur battant au rythme hypnotique d'un tambour, les oreilles résonnant des cris rauques des hommes, Dove ne pouvait détacher les yeux de cette scène.

Elle était pour le plus petit des deux béliers, et assista en tremblant à la lutte sans merci. Le plus gros, soufflant et écumant, fou de douleur après une charge qui lui avait brisé une corne, fonça sur son adversaire. Habilement, le petit esquiva le coup et lui rentra dans le flanc, l'obligeant à tomber à genoux. Le gros animal se releva péniblement et essuya une deuxième attaque. Vaincu, il se retira la tête basse dans le désert, pour lécher ses blessures en paix.

Chavirée de pitié pour ces pauvres bêtes, Dove se détourna, tandis qu'une clameur s'élevait de la foule des spectateurs. Quels sauvages ! Comment peut-on prendre plaisir à des jeux aussi barbares ! songea Dove, dégoûtée. Et l'un de ces hommes s'apprêtait à se proclamer son mari ! C'était insensé !…

— Je dois vous laisser, maintenant, annonça Naomi en fronçant les sourcils devant le visage fermé de la fiancée. A la fin du repas, les hommes accompagnerons votre mari. Par trois fois, ils feront le tour de la tente nuptiale, et frapperont les parois de leurs bâtons pour en chasser les mauvais esprits. Alors, seulement, le fiancé sera autorisé à rentrer.

— Restez encore un peu ! supplia Dove. Le repas va encore durer des heures. Je vous en prie ! Nous bavarderons, ne partez pas !

— Il le faut ! répondit Naomi en lui prenant les mains, visiblement émue par la détresse de sa jeune amie. Mon mari m'a ordonné de le servir, ce soir. Je dois me préparer.

Anéantie, Dove s'affaissa sur une chaise. La nuit froide du désert était tombée, et, glacée dans ses voiles diaphanes, peu accoutumée à ces brusques sautes de température, elle se recroquevilla dans sa cape, pour se protéger tant bien que mal de la morsure du vent. Elle resta là pendant des heures, complètement figée sur place, transie, les membres enkylosés par le froid.

Ni les bruits de pas autour de la tente ni les coups frappés par les bâtons ne parvinrent à la tirer de son état de stupeur. Et quand le rideau s'ouvrit sur Marc Blais, elle ne broncha pas, littéralement paralysée.

— Mon Dieu ! chuchota-t-il furieusement. Que vous ont-ils fait !

Dove hurla de douleur lorsqu'il l'obligea à se mettre debout et à marcher. De temps à autre, il s'arrêtait pour masser ses membres gelés. Grâce à ses soins, elle fut bientôt réchauffée, et le sang circula à nouveau dans ses veines.

— Idiote ! grogna-t-il en la soulevant dans ses bras pour la déposer sur le lit. Il s'allongea à côté d'elle, et l'enveloppa dans sa cape de laine épaisse tout en la serrant contre lui. Peu à peu, la chaleur de son corps se communiqua à celui de Dove, et la pénétra d'une agréable douceur. Envahie par un bien-être infini, elle se blottit dans l'abri protecteur de ces bras puissants.

Là même où la force avait échoué, la compassion assura Marc Blais de la victoire. La jeune fille soupira d'aise, se détendit, et s'endormit contre lui, inconsciente de la frustration et de la torture auxquelles elle le condamnait pendant cette nuit sans fin.

Elle eut cependant un sommeil agité, et se débattit plusieurs fois dans des cauchemars confus. Marc la réconforta doucement, en lui murmurant à l'oreille des paroles apaisantes, et en la caressant tendrement ; il effleura même ses paupières d'un baiser furtif. Pourtant, au matin, lorsqu'elle ouvrit les yeux, Dove était seule. S'asseyant d'un bond, elle contempla d'un air hébété sa robe de mariée, puis posa les yeux sur l'oreiller où avait reposé la tête de Marc.

Pendant cette seconde précise, elle prit conscience d'une chose inouïe...

Elle venait de passer la nuit dans les bras de Marc. La chaleur douillette et les tendres cajoleries de ses rêves n'étaient pas le fruit de son imagination, et avaient bel et bien existé ! Le rouge aux joues, elle se rappela soudain comme elle s'était serrée contre le corps de cet homme, appuyant sa joue contre sa poitrine. Le martèlement régulier de son cœur résonnaît encore à ses oreilles. Mais comme il avait dû souffrir, cette nuit, pour résister à la tentation!...

Quand Marc rentra sous la tente, lavé et rasé de frais, il trouva Dove méditative, les yeux perdus dans le vague. Il vint s'asseoir au bord du lit, et scruta longuement le visage anxieux de la jeune fille.

— Comment vous sentez-vous ce matin? demanda-t-il gravement.

— Bien, bredouilla-t-elle.

« Horriblement désemparée et embarrassée! » eut-elle envie d'ajouter.

— Parfait, répondit-il d'un air absent.

Dove devint soudain cramoisie sous le feu de son regard. Il l'observait comme s'il voyait son visage pour la première fois, avec une expression d'intérêt et de concentration intenses. Dans un état d'extrême nervosité, incapable de supporter plus longtemps ce lourd silence, elle lança, d'une voix hésitante :

— Il me semble me souvenir... Je me rappelle vaguement...

— Avoir passé la nuit dans les bras de votre mari? suggéra-t-il sèchement.

— Oui... Non! Tout ceci est stupide, bégaya-t-elle. D'abord, je ne vous considère pas comme mon mari ; ensuite, nous n'avons pas passé la nuit ensemble, du moins...

— Je ne sous-entendais rien de semblable dans mes propos !

Le visage à nouveau empourpré par la confusion, Dove répliqua, d'un air de dignité offensée :

— Vous cherchez à m'embarrasser !

Se rendant compte tout à coup de la transparence indécente de sa robe, elle ramena d'un geste furieux les couvertures sous son menton.

A son étonnement, il l'aida à se couvrir et étendit sur elle le dessus-de-lit de soie bleue brodé des symboles dorés du bonheur.

— Vous êtes bien une femme ! remarqua-t-il froidement. Vous passez des heures dans les bras d'un homme, serrée contre lui, et feignez ensuite la timidité. Les folies de la nuit deviennent honteuses à la lumière du jour, n'est-ce pas ? ironisa-t-il.

— Que cherchez-vous à insinuer ? lança-t-elle, horriblement gênée et troublée par l'acuité de son regard perçant. Nos relations ne vous permettent pas de me tenir ce genre de propos, ajouta-t-elle imprudemment. Nous sommes restés des étrangers l'un pour l'autre.

— Précisément ! s'écria-t-il en se penchant vers elle, des éclairs de colère dans les yeux. Si je vous laisse sortir d'ici encore auréolée de votre pureté innocente, vous ne parviendrez pas à duper la sagacité des Bédouins. Les femmes orientales apprennent à tricher et à ruser dès leur plus tendre enfance. Mais vous, blanche colombe, ne réussirez pas à dissimuler votre air de candeur vertueuse. Seule, la passion d'un homme saura vous le faire perdre. Je vous donne le choix : soit m'accompagner en voyage de noces, offert par Rahma, soit rester ici, au camp, où pour conserver l'estime de mes amis, il me faudra parader avec une femme soumise, aimante, et apparemment comblée.

Dove n'en doutait pas un seul instant, Marc n'hésiterait pas à lui infliger les pires humiliations pour garder intacts son orgueil et le respect des autres hommes. Elle toussa pour s'éclaircir la voix et tenter de dissimuler sa peur.

— Une lune de miel ?... Mais où ?... Et les enfants ? parvint-elle à articuler.

— A une journée d'ici, se trouve une oasis où nous pouvons rester assez longtemps pour respecter les convenances. Les enfants sont très heureux ici. Leur père enverra un hélicoptère les chercher lorsqu'il jugera venu le moment propice.

Marc se leva, sûr de la réponse de la jeune fille.

— Préparez-vous rapidement, commanda-t-il. Je

veux partir discrètement, avant le réveil de tout le monde.

Dove revêtit à la hâte la longue robe et la houppelande posées par Marc au pied du lit, enroula un turban autour de sa tête, et sortit promptement rejoindre son « mari ».

Ils traversèrent le camp encore endormi, dans l'aube de ce petit matin gris où soufflait un vent piquant. Les premières heures de leur voyage s'écoulèrent en silence. Bercée par le mouvement régulier du chameau, Dove réfléchit à la situation, et commença à tirer des plans sur l'avenir. Il fallait absolument quitter Marc Blais, le désert, et même les enfants. La jeune fille retournerait en Angleterre, chercherait le travail le mieux payé possible, et rembourserait sa dette petit à petit, en versements mensuels. Heureusement, l'argent importait peu à cet homme ; c'était seulement un instrument de domination, un moyen dont il s'était servi pour l'obliger à rester. Mais Dove s'interdisait désormais d'envisager cette éventualité. Elle s'enfuirait le plus rapidement possible. Rien n'entamerait sa détermination. *Car elle avait peur !* Comment oserait-elle s'attarder dans cette contrée lointaine, alors qu'elle avait commis l'ultime folie de tomber amoureuse d'un homme contre lequel existaient les pires préventions ?... Auprès de ce nomade du désert, pour qui la liberté restait la valeur suprême, et qui ne cachait pas sa misogynie méprisante, elle serait de toute façon affreusement malheureuse...

La révélation de son amour lui était venue le matin même, et en toute honnêteté, malgré la paix et le bien-être éprouvés au réveil, elle admit que cette nuit l'avait laissée insatisfaite... Désormais, un désir ardent consumait tout son être. Voilà pourquoi elle devait s'échapper, au plus vite, avant de trahir son secret.

Marc, lui aussi, paraissait ruminer de sombres

pensées. Il lui adressa une seule fois la parole, lorsqu'ils s'arrêtèrent pour déjeuner. Le reste du temps, ils demeurèrent chacun murés dans leurs réflexions moroses, apparemment indifférents l'un à l'autre.

Au bord de l'épuisement, Dove reprit cependant courage quand ils arrivèrent sur une piste plus fréquentée. Pourtant, au bout de plusieurs kilomètres parmi des immensités de sable et de cailloux, toujours aussi vides et désolées, une vague de désespoir l'assaillit. Le corps meurtri par la fatigue et les courbatures, elle aperçut tout à coup une tache de vert à l'horizon ; son cœur bondit de joie. Ils se rapprochèrent lentement de champs de céréales arrosés par un système de seaux et de norias où œuvraient sans relâche de pauvres animaux.

L'oasis s'étendait sur trois kilomètres environ, et comprenait cinq villages reliés les uns aux autres par des chemins étroits et tortueux. Des curieux regardèrent passer les voyageurs, qui s'arrêtèrent devant une assez grande maison.

Sans un mot, Marc sortit une clef de sa poche et ouvrit la lourde porte de bois. Ils pénétrèrent dans une cour intérieure, flanquée d'un puits à l'eau saumâtre et d'un sycomore. Dove examina avec curiosité la façade aux volets sculptés, finement ouvragés. Mais Marc la pressa de rentrer dans une pièce au carrelage de mosaïque, rafraîchie par le jet d'eau d'une fontaine de marbre érigée en son centre.

— Attendez ici ! commanda-t-il. Cette maison appartient à un ami d'Hamil, actuellement en déplacement. Je vais prévenir le domestique de notre arrivée.

— Il n'y a pas de sonnette ? suggéra Dove.

— Non, répondit-il en réprimant un sourire. Selon le Prophète, la cloche est un instrument du diable, et éloigne à tout jamais d'une maison les esprits bienfaisants.

— Très… intéressant ! commenta la jeune fille, soudain très intimidée à la pensée de se retrouver seule en compagnie de Marc dans une maison inconnue.

Comme il disparaissait dans le couloir, elle entreprit un petit tour d'inspection. Les différentes pièces étaient meublées de façon très simple et rudimentaire, essentiellement de tapis épais et de divans bas, installés le long des murs recouverts de boiseries ou de mosaïques colorées. Des poutres massives, rouge sombre, soutenaient les plafonds peints. Dove fut surprise de ne pas découvrir de chambres au premier étage, du moins pas à proprement parler : dans les pièces complètement nues, seules quelques nattes recouvraient le sol.

Dans son dos, la voix de Marc la fit sursauter :

— Pour la nuit, les Arabes se contentent d'une paillasse et d'un oreiller, plus quelquefois une couverture en hiver et une moustiquaire l'été. Le matin, tout est roulé en boule et rangé dans un placard.

Nerveusement, Dove se retourna :

— Avez-vous trouvé le domestique ? s'enquit-elle.

— Oui. Il nous prépare un repas. Je lui ai également demandé de faire chauffer de l'eau. Vous avez probablement envie d'une bonne toilette.

— Merci, dit-elle avec un sourire de gratitude.

Impulsivement, elle poursuivit :

— Oh, si seulement il y avait des magasins ! J'aurais tellement de choses à acheter !

— Vous trouverez ici un bazar, comme dans chaque village, annonça-t-il. Je vous y emmènerai après le dîner.

— Mais je n'ai pas d'argent ! protesta-t-elle.

— Si. Votre dot, lui rappela-t-il froidement.

— Ne vous moquez pas de moi, répondit-elle en rougissant. Vous ne me devez rien. Notre mariage n'est pas valide, et vous le savez très bien.

— Je ne suis pas d'accord, coupa-t-il en grinçant des dents.

Dove frissonna, redoutant une crise de colère.

— Si l'argent n'était pas aussi important à vos yeux, vous ne m'auriez pas suivi, moi, un inconnu, dans le désert. A présent, vous aurez beau continuer à clamer votre haine, je suis devenu votre mari selon la loi en vigueur dans le pays où vous vivez. Cette somme vous appartient ; vous la dépenserez comme bon vous semblera. Ce n'est pas un cadeau, mais votre dû.

Le repas fut servi dans un petit salon, sur une table basse au plateau de cuivre ouvragé. Ils s'assirent par terre, sur des poufs et des coussins, une position à laquelle Dove avait du mal à s'accoutumer. Elle mangea sans appétit un morceau de l'inévitable mouton en sauce accompagné de légumes. Sur l'insistance de Marc, elle accepta une tranche de pastèque. Mais au bord des larmes, la gorge nouée, elle n'aurait rien pu apprécier.

Après s'être lavée dans une grande cuvette, elle avait retrouvé un peu d'entrain, et était redescendue d'attaque pour affronter les regards noirs et les remarques acerbes de Marc. Mais il s'était enfermé dans un silence impénétrable. Derrière son expression sombre et pensive, couvait probablement une colère sourde, qui ne manqua pas d'accroître la nervosité de sa compagne au cours du dîner.

— Diable ! s'écria-t-il en se levant subitement et en repoussant un coussin d'un violent coup de pied.

Dove sursauta de surprise et d'appréhension.

— Pourquoi restez-vous là tremblante comme un agneau de sacrifice ? Pourquoi me craignez-vous autant ? Je n'ai rien d'un ogre, et ne suis pas différent des autres hommes que vous avez connus !

Il lui jeta un regard mauvais, et poursuivit :

— Mais peut-être suis-je aveuglé par ma stupidité ? Est-ce ma cicatrice qui vous fait peur au point de baisser les yeux devant moi et de m'éviter comme la peste ?

— Non, bien sûr ! nia-t-elle, indignée et compatissante à la fois.

Cette brute arrogante n'hésiterait pas à tirer parti de ses sentiments, si Dove lui expliquait quelles émotions la tourmentaient. Et il ne fallait surtout pas que ce mariage devienne réel ! Elle serait ensuite abandonnée à son triste destin… Cependant, elle ne voulait pas le froisser et invoquer la peur de son physique pour excuser sa timidité. Se protégeant derrière un masque de rudesse, elle demanda :

— Pourquoi imputez-vous toujours aux femmes les pires motifs ? Si, dans le passé, vous aviez choisi vos compagnes avec plus de discernement, vous n'auriez pas de nous toutes une si piètre opinion !

Essayant de dominer son tremblement, Dove s'obligea à soutenir le regard noir et menaçant de Marc Blais. Pourtant, elle ne put s'empêcher de tressaillir au son de sa voix :

— Vous considérez-vous donc comme l'incarnation de toutes les vertus féminines ? railla-t-il.

Elle fixait de ses yeux affolés la cicatrice qui déformait sa bouche en un rictus moqueur.

— Oseriez-vous vous prétendre innocente des deux péchés féminins les plus répandus ? Je vous en défie ! lança-t-il sur un ton menaçant. Jurez-moi, la main sur le cœur, que jamais vous ne m'avez trompé ou menti !

Il savait tout ! La clarté se fit dans l'esprit de Dove, et elle comprit les raisons de son mépris si évident. Naturellement, il l'avait crue sans mal coupable d'avoir encouragé les attentions de Zaïd, et jamais il n'avait accordé foi à ses propos !

— Depuis combien de temps savez-vous ? chuchota-t-elle.

— Enfin !

Il se détourna, comme si autrement il eut été incapable de refréner son violent désir de la secouer.

— Vous vous rendez tout de même à la raison ! La sagesse vous commande d'admettre votre défaite, et de faire preuve d'un peu d'honnêteté !

Dove se leva, redressant son menton d'un air digne et fier.

— Je n'ai jamais eu l'intention de vous tromper...

— Dieu du Ciel ! jura-t-il entre ses dents. Un peu d'originalité, je vous en prie ! Epargnez-moi ce genre de clichés grotesques !

Ignorant cette observation, et bien décidée à ne pas se laisser réduire au silence, Dove poursuivit :

— J'ai surpris bien malgré moi votre conversation avec Mme Todd. Mais comment ne pas entendre les éclats de votre colère ?... J'étais dans ses bureaux ce jour-là, à la recherche d'un emploi. Comme elle refusa également de me venir en aide, j'ai songé, logiquement, à conclure un accord avec vous. Je n'avais pas l'intention d'être malhonnête, ou de vous mentir. Mais, à votre habitude, vous avez dirigé l'entretien avec une arrogance incroyable. Vous vous êtes persuadé que j'étais envoyée par Mme Todd, et lorsque j'ai tenté de rectifier vos conclusions hâtives, vous avez refusé de m'écouter ! Furieuse, excédée par votre fatuité, j'ai décidé de ne plus perdre de temps à discuter avec vous. Si c'est un péché, dit-elle en soupirant, alors, oui, je plaide coupable.

Marc Blaise se tenait debout près de la fenêtre. Les volets ajourés jetaient des ombres sur son visage, faisant ressortir ses pommettes saillantes, accentuant la profondeur sardonique de ses yeux durs.

— Je vous l'accorde, maugréa-t-il, vous ne semblez pas habituée à mentir. D'ailleurs, votre stupéfiante naïveté en témoigne. Je n'aurais jamais donné à quelqu'un ce poste de confiance sans vérifier ses références ! Mme Todd a été consternée par la nouvelle. Je la soupçonne de s'être beaucoup inquiétée sur votre sort ! Il me restait encore un problème à régler. Votre détermination farouche à obtenir de l'argent coûte que coûte vous trahissait : vous aviez des dettes importantes. Cela ne me prédisposait pas favorablement envers vous, car dans un pays où la corruption et les pots-de-vin sont érigés en système, votre faiblesse de caractère risquait d'être exploitée au maximum. Après avoir réfléchi longuement à la question, je me suis cependant résolu à vous engager, sous réserve de vous surveiller de très près. En somme, je me méfiais de vous. Et mon jugement ne s'est pas modifié en vous connaissant davantage !

— Vous ne me connaissez pas ! se récria Dove en relevant fièrement la tête. On ne connaît et ne comprend les gens ni avec les yeux ni avec l'esprit, mais avec le cœur. Or vous, monsieur, vous n'avez pas de cœur !

Il riposta promptement. Il fut sur elle en deux enjambées, et l'empoigna par les cheveux. Lui tirant méchamment la tête en arrière, il la força à lever ses yeux terrifiés pour le regarder bien en face.

— Encore un mensonge ! grogna-t-il âprement. Sans cœur, je ne ressentirais rien ; or tout mon être est dévoré par un sentiment ardent, insatiable et qui demeure douloureusement insatisfait. Mon âme souffre, inassouvie, et mon intelligence se torture sans cesse pour chercher les raisons de cette souffrance. Malheureusement, il n'existe pas de solution, car la vérité essentielle se dissimule à notre conscience. Si, la nuit dernière, continua-t-il en la secouant violemment par les cheveux, je n'avais pas écouté mon cœur, mais suivi mes instincts, je n'aurais pas eu honte, ce matin, d'affronter le regard perspicace de mes amis !

Dove ferma les yeux pour ne plus voir son visage agressif et menaçant. Epouvantée, elle n'osait plus parler, de peur d'attiser encore sa fureur et sa soif de vengeance. Enragé par son silence, il enroula ses cheveux autour de son poignet, pour lui faire mal, et l'obliger à lui répondre.

— Brute ! hurla-t-elle. Vous êtes retombé à l'état sauvage, et vous vous comportez comme un animal !

— Il est parfois nécessaire d'utiliser la force ! menaça-t-il tout en appliquant un baiser cruel sur les lèvres frémissantes de la jeune fille. Dans les troupeaux de bêtes, tout comme dans la société humaine, les mâles doivent conquérir leurs compagnes, les défendre contre le danger, et leur assurer les choses nécessaires à la vie. Les plus faibles, les vaincus, sont rejetés avec mépris. Voilà pourquoi l'accouplement dans le monde animal et le mariage chez l'homme ressemblent tant à une lutte sans merci et développent la combativité et l'esprit de compétition.

Lorsqu'il la lâcha, Dove détourna vivement la tête pour échapper aux exigences de sa bouche. Mais elle se débattait déjà avec moins de conviction contre la puissance magnétique de cet homme déterminé à subjuguer sa volonté. Marc Blaise prit le visage de la jeune fille entre ses mains, et l'immobilisa à quelques centimètres du sien.

— Arrêtez ! souffla-t-elle, en martelant sa poitrine de ses poings, comme il l'embrassait farouchement.

Pourquoi la traitait-il comme une vulgaire houri ? L'image de son père se présenta à son esprit. Le seul homme avant Marc Blais qui eut compté dans sa vie, ce modèle de fierté et d'honorabilité, ne se serait jamais permis de manquer de respect à quelqu'un, d'agir aussi peu galamment. A cette pensée, ses yeux s'embuèrent de larmes, et la saveur salée de ses pleurs se mêla à celle des baisers de Marc.

Il releva soudain sa tête brune. Curieusement, il suivit du doigt le sillon d'une larme sur la joue de Dove et l'essuya brutalement.

— Essayez-vous de m'émouvoir par votre cœur tendre et fragile ? railla-t-il.

— Je ne suis pas si sotte ! répondit-elle dans un

sanglot étouffé. Je vous connais trop! La vue des larmes remplirait de joie votre sauvagerie naturelle. Je commence à comprendre pourquoi vous avez choisi la carrière de soldat ; il vous faut un ennemi, sur lequel vous décharger de votre fureur agressive. N'importe quel ennemi! insista-t-elle avec emphase, réel ou imaginaire, peu importe. En tout cas, les femmes sont un gibier de choix. Incapable de les aimer, les hommes compensent leur insensibilité en s'imposant à elles par la force physique. Il est vraiment facile de s'assurer la domination d'êtres faibles et sans défense !

Marc Blais la lâcha si brutalement qu'elle vacilla. Elle l'avait piqué au vif ! Par un pur hasard, elle avait enfin trouvé le défaut de sa cuirasse.

— Que savez-vous de l'amour ? demanda-t-il d'une voix rauque. Vous qui adorez le veau d'or !

— Si je suis venue ici, c'est par amour, répondit-elle avec simplicité. Par amour de mes parents. Ils étaient menacés d'expulsion, et j'aurais fait absolument n'importe quoi pour leur épargner cette terrible épreuve. Leur offrir une année de ma vie ne m'a pas semblé un trop grand sacrifice.

La sincérité de ses paroles et de son dévouement la sauva. Marc Blais la dévisagea en silence, puis, sans un mot, tourna les talons, et quitta la pièce.

12

Dove plia soigneusement la dernière de ses robes, la posa en haut de la pile, abaissa le couvercle de sa valise, et ferma la serrure à clef. Elle jeta un coup d'œil circulaire sur cette pièce où elle avait enlevé ses objets personnels. Normalement, elle aurait dû passer là une année entière, mais après quelques semaines mouvementées, elle retournait dans son pays. L'avion privé du cheik la ramenait aujourd'hui même, à sa demande et en accord avec Marc Blais.

Ses bagages terminés, elle se dirigea vers la fenêtre pour contempler une dernière fois les pelouses impeccables, étonnamment vertes, les plates-bandes de fleurs, et les innombrables essences d'arbres plantées et entretenues à grand frais au cœur même du désert aride.

Dove se sentait sans vie, apathique. Après leurs adieux, elle ne reverrait plus jamais Marc Blais... Elle tenterait d'oublier ce visage fier, hors du commun. Mais comme il lui manquerait !... Désormais, elle n'aurait plus besoin de lutter contre sa domination autoritaire, ni de résister à son charme tout-puissant pour conserver son équilibre.

Leur escapade dans le désert n'avait pas duré longtemps, et, Dieu merci, leur mascarade de lune de miel s'était limitée à une nuit. Dove l'avait passée seule, roulée en boule dans un sac de couchage, sur le plancher d'une chambre vide.

Pendant ce temps-là, Marc avait établi un contact radio avec le palais, et un hélicoptère était arrivé quelques heures après le lever du soleil. Au moment d'atterrir, il avait rompu le lourd silence en demandant d'un air sinistre :

— Vous désirez retourner chez vous, je suppose ?

Il sembla tressaillir en entendant la réponse bredouillante de Dove :

— S'il vous plaît, oui...

Depuis ce moment-là, hier, elle n'avait plus osé le regarder. Il avait organisé son rapatriement avec une promptitude étonnante. A présent, elle avait du mal à croire à son départ définitif du palais, dans moins d'une heure.

Alya frappa à la porte, et entra furtivement dans la pièce.

— Ma maîtresse Mariam souhaite vous parler. Elle vous attend, annonça-t-elle timidement.

— Merci, Alya. Je viens tout de suite.

Quand la domestique se retira, Dove s'examina une dernière fois dans le miroir, avant d'affronter cet entretien. Sans nul doute, Mariam allait se répandre en récriminations et en reproches furieux, et l'assaillerait de questions embarrassantes. La glace renvoya à Dove un visage marqué par l'appréhension. Elle avait revêtu une robe-fourreau de cotonnade verte, qui accentuait l'aspect gracile de sa silhouette. Apercevant son air abattu, elle réagit contre sa lassitude et redressa fièrement sa tête auréolée de cheveux blonds. Dans moins d'une heure, elle serait partie. Il fallait laisser une dernière impression de dignité.

D'une manière assez compréhensible, Mariam se montra d'une humeur exécrable.

— Asseyez-vous, Miss Grey, ordonna-t-elle en lui indiquant une chaise d'un geste impatient. Expliquez-moi pourquoi vous avez soudainement décidé d'abandonner votre tâche éducative auprès des enfants.

Dove s'arma de patience. En réalité, l'éducation des enfants était le dernier souci de Mariam, et passait bien après sa tranquillité et son confort personnels.

— Salim et Bibi sont trop jeunes pour pâtir du manque de cours, répondit Dove, diplomate. On m'avait essentiellement commandé de leur apprendre la politesse, et la déférence envers leurs aînés. Ils sont irréprochables de ce point de vue, grâce à vous sans doute, car vous vénérez profondément le maître de maison, et ils calquent leur attitude respectueuse sur la vôtre.

Ce trait de flatterie amadoua Mariam. Elle se rengorgea, et murmura :

— Le culte de Dieu passe par l'amour du père et des ancêtres.

Mais, soupçonnant Dove de vouloir la détourner du sujet de ses préoccupations, elle durcit son regard, et reprit :

— Maintenant, venons-en au fond du problème, et à votre aberrant projet de nous quitter. Marc me stupéfie ! Je ne comprends absolument pas pourquoi il vous autorise à partir.

— La décision en incombe à moi seule, pas à lui.

Mariam fronça les sourcils.

— Le mari fait la loi ; il appartient à la femme d'obéir. N'avez-vous pas encore accepté cette règle ? gronda-t-elle. Puisqu'il n'a exprimé aucune objection, vous l'avez probablement déçu. Mais s'il venait à changer d'avis, vous seriez obligée de rester et de vous comporter en femme soumise.

Dove se leva, et croisa les mains derrière son dos pour dissimuler leur tremblement.

— Je ne suis pas mariée ! lança-t-elle sèchement et avec emphase. Je n'appartiens pas à votre race, et n'observe ni vos croyances ni votre foi. Les deux cérémonies ne représentent strictement rien pour moi.

— Vous mentez, chuchota doucement Mariam. Vos mots vides de sens ne me trompent pas, moi qui aime et suis aimée en retour. Vos dénégations sonnent creux, Miss Grey ! Fuyez lâchement, puisque vous le désirez, mais la distance mise entre Marc et vous n'infléchira pas le cours de votre destinée. Souvenez-vous bien de mes paroles. Vous et lui êtes irrémédiablement unis par un lien indissoluble, légal ou non à vos yeux. Et ce lien vous empêchera à tout jamais d'épouser quelqu'un d'autre, car vous auriez l'impression de commettre un adultère. Les autres hommes vous rappelleront toujours Marc Blais. Vous êtes sa femme. Vous lui appartenez !

Mariam avait frappé juste. Furieuse de deviner une grande part de vérité dans ses propos, Dove rétorqua sur un ton moqueur :

— Vous vous contentez de miettes, mais jamais je ne pourrai me satisfaire d'un sort semblable au vôtre. Dans ce pays, les hommes riches s'enorgueillissent de posséder un cheval, une épée, et une femme. Dans cet ordre-là ! Je refuse d'être considérée comme une marchandise, et qui plus est, de si peu de valeur. Jamais non plus je ne me résignerai à jouer le rôle d'un ornement, d'un joli jouet dont on s'amuse avant de s'en lasser et de l'abandonner. Je veux un mari qui me traite d'égal à égal...

A son grand désarroi, sa voix se mit à trembler horriblement. Elle continua toutefois avec obstination :

— Un homme dont je partagerai les soucis et les espérances, qui me laissera le réconforter dans les moments éprouvants, et qui me consultera s'il a besoin de conseils !

A travers ses larmes, Dove vit Mariam hocher la tête d'un air révolté.

— Petite idiote ! Pourquoi ne restez-vous pas ?

Vous êtes follement amoureuse de lui, et le savez fort bien !

... Heureusement, les enfants étaient encore dans le désert, et Dove n'eut pas à endurer d'adieux déchirants. Incapable de se résoudre à son départ, refusant sa consolation, Alya s'était enfuie en pleurs quelques instants plus tôt. Il restait à la jeune fille une seule personne à voir, maintenant. Elle aurait bien voulu esquiver cette entrevue éprouvante, mais elle ressentait le besoin intense de poser les yeux sur lui une dernière fois, pour fixer à tout jamais les traits de son visage dans son souvenir. Elle espérait un peu stupidement entendre de sa bouche quelques mots aimables et se les rappellerait plus tard, dans sa tristesse, en pensant à lui.

Elle sursauta au bruit d'un moteur dans la cour. La Land-Rover l'attendait pour la conduire sur la piste de décollage. Dove réprima un sanglot, ramassa son sac à main, et descendit dans le bureau.

La porte était entrouverte. Sans prendre la peine de frapper, elle se glissa à l'intérieur, et referma doucement derrière elle. Marc lui tournait le dos. Debout, très raide, il regardait par la fenêtre.

— Je suis venue...

Son mince filet de voix était à peine audible. Elle se gratta la gorge et reprit :

— Je suis venue vous dire au revoir. Je vous rembourserai ma dette, je vous le promets ; petit à petit, mais par versements réguliers. Je ne peux pas vous la payer en une seule fois. Vous... vous ne m'en voulez pas trop, j'espère ? balbutia-t-elle en bégayant.

Marc Blais ne se retourna pas, mais Dove le sentit se raidir. Au bout d'un long silence, elle bredouilla :

— La voiture m'attend. N'avez-vous rien à me dire avant mon départ ?

Brusquement, Marc Blais fit volte-face, comme si

elle l'avait poignardé dans le dos. Le visage sombre et menaçant, il lança :

— L'argent n'a aucune importance. En revanche, poursuivit-il d'une voix dénuée de la moindre émotion, je tiens à vous présenter mes excuses. Vous ne les accepterez d'ailleurs peut-être pas, car je m'en rends compte à présent, ma conduite à votre égard est tout à fait impardonnable.

Il s'avança vers elle, scrutant son visage comme s'il cherchait à y découvrir quelque chose. Mais quoi ?... s'interrogea Dove.

Craignant soudain de ne pas pouvoir supporter sa troublante proximité, elle recula, et choisit soigneusement les mots de sa réponse. Il fallait à tout prix paraître calme et pleine d'assurance.

— Nous ne sommes responsables ni l'un ni l'autre. Nous avons tous deux des excuses, Marc, et... énormément de préjugés.

« Marc ? » Cette familiarité involontaire ne lui échappa pas.

— Vous ne m'avez jamais appelé par mon prénom. Pourquoi aujourd'hui ? demanda-t-il vivement. Votre départ vous dispose-t-il à un peu de gentillesse en ma faveur ?

— Votre personne ne peut inspirer à quiconque bonté ou gentillesse, répondit-elle avec une méfiance teintée d'amertume.

Il sembla se détendre mais garda les yeux rivés sur elle, et déclara, comme s'il réfléchissait tout haut :

— Autrement dit, soit je laisse les gens complètement indifférents, soit ils m'aiment ou me haïssent. Si vous me haïssiez, continua-t-il lentement, vous seriez partie sans me dire au revoir. Je ne vous suis pas indifférent, je le sais...

Il s'interrompit, comme étonné par la rougeur subite qui envahissait les joues de Dove. Puis il lui demanda, d'un air désinvolte :

— M'aimeriez-vous ?

Le cœur de Dove bondit dans sa poitrine.

— Certainement pas ! se récria-t-elle violemment, en espérant qu'il mettrait le tremblement de sa voix sur le compte de la colère.

Elle serra les poings, essayant de retrouver son sang-froid. Il fallait se dominer pendant encore quelques secondes seulement, et elle quitterait Marc Blais sans avoir montré ses véritables sentiments.

D'ailleurs, la force de sa dénégation semblait avoir produit l'effet recherché. Il se détourna et alla reprendre sa position près de la fenêtre.

— Alors, au revoir, Dove.

Elle resta clouée sur place, paralysée par la tristesse de la voix qui poursuivait :

— Je me souviendrai toujours de vous telle que vous m'êtes apparu le matin de nos noces, frêle et pâle dans la blancheur virginale de vos voiles. Jamais je n'oublierai la douceur de votre peau, vos grands yeux innocents, et l'abandon de votre corps au creux de mes bras pendant ma longue nuit de veille. Je vous avais promis l'enfer, lança-t-il par-dessus son épaule. Ma méchanceté se retourne contre moi.

Dove devint cramoisie d'humiliation. Les dents serrées, elle l'accusa :

— Vous prenez un malin plaisir à me tourmenter sans cesse !

Il lui fit face ; ses yeux lançaient des éclairs.

— J'ignorais la souffrance avant de vous rencontrer. Désormais, elle ne me quittera plus !

Stupéfaite, elle le dévisagea longuement. Lui aussi semblait être au supplice ! Pourtant, elle se trompait peut-être... Sans doute essayait-il de briser ses dernières défenses, ne voulant pas s'avouer vaincu. Il la désirait, certes, mais s'il gagnait la bataille, ce serait simplement pour se glorifier d'une nouvelle victoire.

En aucune façon Dove ne plierait devant sa mâle arrogance !

Elle se dirigea vers la porte. Au moment où elle tournait la poignée, Marc cria :

— Dove, ne partez pas !

Ce n'était pas un ordre, mais un cri de désespoir. Elle se raidit, incrédule. Mais une autre parole, tellement étrangère au vocabulaire habituel de cet homme, la convainquit de sa sincérité :

— Je vous en conjure !

Sans savoir qui des deux s'était élancé le premier à la rencontre de l'autre, elle se retrouva sanglotante dans ses bras, tandis qu'il lui murmurait des mots d'amour à l'oreille.

— Ma chérie ! Amour de mon cœur ! Je me consume pour toi !

Un intense bonheur envahit tout à coup la jeune fille et la jeta dans un état euphorique. Un frisson délicieux la parcourut lorsque, avec une hésitation touchante, il chercha ses lèvres pour y déposer son premier baiser tendre. Sa maladresse peu coutumière révélait son profond émoi. Jusqu'à présent il avait toujours satisfait ses désirs sans se soucier le moins du monde de celui des femmes. Maintenant, il refrénait son ardeur, de peur d'effrayer la jeune fille par la fougue de sa passion.

La soumission aveugle de Dove mit à rude épreuve sa maîtrise de soi. Elle répondit passionnément à ses baisers brûlants, pendue à son cou, anxieuse de lui plaire.

— Mon ange, je t'aime tant !

Les mots qui s'échappaient des lèvres de Marc remplissaient Dove d'extase, de ravissement, car il ne les avait jamais chuchotés à l'oreille d'aucune autre femme, elle en était convaincue.

— Vous êtes faite pour l'amour. Mon adorable petite fleur... Comme vous êtes gentille, douce, Dove, de me supporter, continua-t-il en la couvrant de nouveaux baisers. Je n'ai jamais su aimer personne. La passion a toujours représenté pour moi le moyen de donner libre cours à ma violence, à ma soif de punir... Je vous désire, mais j'ai peur de vous faire mal, de meurtrir votre chair, ou pire encore, votre cœur. Je saurai faire face à des bandits et des renégats, et me tirer des pires situations, mais vous, mon amour, m'intimidez. Votre fragilité m'effraie. Je suis un véritable sauvage. Enseignez-moi la tendresse. Je vous promets d'apprendre très vite.

Quelle émouvante humilité! Le cœur de Dove se serra devant le doute et la solitude de cet homme, lorsqu'il la supplia :

— Ma petite Dove, dites-moi que vous m'aimez, je vous en prie! J'ai tellement besoin de vous!

— Je vous aime, oui, je vous aime, répondit-elle sous une pluie de baisers. Si vous m'aviez laissée partir, quelque chose en moi serait mort.

— Dieu soit loué! s'écria-t-il en enfouissant son visage dans ses cheveux blonds. J'ai tellement rêvé d'entendre ces paroles!

Lorsque enfin ils eurent consommé leur passion dévorante, allongée paisiblement auprès de lui, la tête tendrement posée sur sa poitrine, Dove se laissa doucement bercer par le rythme régulier de leur respiration. Leurs deux cœurs satisfaits battaient à l'unisson.

— Le chauffeur ne m'attend plus, j'espère, soupira-t-elle avec désinvolture.

— Non, je l'avais prévenu.

— Je ne comprends pas, dit-elle en plissant le front. Comment pouviez-vous savoir?...

— J'espérais seulement, avoua-t-il en lui caressant la joue. Nous devrons remercier Mariam, mon amour. Elle est en grande partie responsable de notre bonheur. Je l'ai vue juste avant vous, et elle ne s'est pas gênée pour me démontrer ma stupidité. « Les Occidentales sont différentes des femmes de l'Orient », m'a-t-elle déclaré, furieuse contre moi et mes méthodes de conquérant. « Elles ne se soucient

154

pas de richesse ou de confort, et demandent simplement à être indispensables au bonheur d'un homme. Avouez-lui votre amour, et elle restera », m'a-t-elle conseillé. Comme j'avais vainement épuisé tous les moyens connus pour toucher votre cœur, mon ange, j'ai décidé de suivre l'avis de Mariam. Et j'ai réussi ! ajouta-t-il malicieusement.

Dove se redressa, folle de rage.

— Vous m'avez donc tendu un piège ! Comment osez-vous me l'avouer de sang-froid ?

— Je ne vous ai pas menti, répondit-il d'un air très grave, en la serrant dans ses bras. Pourtant, si la nécessité m'y avait obligé, je l'aurais fait sans hésiter. Pour vous garder ici, j'aurais usé de n'importe quel stratagème !

Dove scruta son expression arrogante, essayant de retrouver ses humbles supplices derrière la détermination de sa voix.

— Ne nous disputons pas, ma chérie ! dit-il en resserrant son étreinte. Pas maintenant !

Comme ses cajoleries ne semblaient pas apaiser Dove, il retrouva son impatience habituelle :

— Très bien ! J'ai suivi les conseils de Mariam ; quel mal y voyez-vous ? Vous aurez beau m'accuser de toutes les traîtrises de la terre, vous ne parviendrez pas à effacer notre dernière heure ensemble, ni à revenir sur l'aveu de votre amour. Nous nous appartenons, pour l'éternité ! Rien ne nous séparera jamais !

Sa bouche étouffa sur les lèvres de Dove toute velléité de protestation. Cette marque d'autorité dénonçait en tout cas l'illusion de l'humilité de Marc Blais...

Elle fondit sous ses baisers sans manifester la moindre résistance. L'amour et la passion l'enchaînaient à lui ; désormais, elle n'avait plus la force de se mettre en colère contre lui.

Marc avait gagné la bataille ; il soupira de contentement.

— Nous partons demain pour l'Angleterre, annonça-t-il sur un ton impérieux. A mes yeux, nous sommes déjà mari et femme, mais pour m'ôter tout sentiment de culpabilité, je veux vous épouser à l'église, en présence de vos parents. Nous renouvellerons les vœux de fidélité gravés dans nos cœurs.

La mâchoire contractée, comme saisi d'une inquiétude soudaine, il demanda :

— Le ferez-vous pour moi, Dove ? Voulez-vous m'épouser ?

Dove se pencha pour l'embrasser.

— Oui, mon chéri, acquiesça-t-elle doucement.

Marc Blais, l'ancien soldat à la fierté et à l'honneur arrogants, ne changerait jamais. Mais, différent, elle ne l'aurait pas aimé...

Les Prénoms Harlequin

DOVE

Ce prénom signifie « colombe », et celle qui le porte en possède tout naturellement la douceur et la sensibilité. Mais, pour être symbole de la paix, cet oiseau n'en est pas moins doté d'une audace et d'une détermination exceptionnelles, qui lui permettent de franchir de longues distances, sans s'arrêter.

Aussi n'est-il guère étonnant de voir Dove Grey se lancer dans une aventure au cœur du désert, sans se laisser impressionner par les allures quelque peu barbares du personnage qui l'a recrutée.

Les Prénoms Harlequin

MARC

fête : 25 avril   couleur : rouge

Agile et insaisissable dans l'eau, le phoque devient lent et flegmatique, une fois sur le rivage... Aussi imprévisible que son animal totem, celui qui porte ce prénom peut se montrer tour à tour violent et généreux, passionné et indifférent... Être surprenant et aux réactions multiples, il a néanmoins la duplicité en horreur, et il place la loyauté au rang des vertus magistrales.

Aussi longtemps que Marc Blais prend Dove pour une aventurière, il s'ingénie à étouffer son amour naissant pour la jeune Anglaise...

Éternelle jeunesse du roman d'amour!

On a l'âge de son esprit, dit-on. Avez-vous jamais songé à vérifier ce dicton?

Des romancières célèbres telles que Violet Winspear, Anne Weale, Essie Summers, Elizabeth Hunter… s'inspirant du vrai roman d'amour traditionnel, mettent en scène pour votre plus grand plaisir héros et héroïnes attachants, dans des cadres romantiques qui vous transporteront dans un monde nouveau, hors de la grisaille du quotidien. En partageant leurs aventures passionnantes, vous oublierez soucis et chagrins, vous revivrez les émotions, les joies…la splendeur…de l'amour vrai.

Six romans par mois…chez vous…sans frais supplémentaires…et les quatre premiers sont gratuits!

Vous pouvez maintenant recevoir, sans sortir de chez vous, les six nouveaux titres HARLEQUIN ROMANTIQUE que nous publions chaque mois.

Et n'oubliez pas que les 6 vous sont proposés au bas prix de $1.75 chacun, sans aucun frais de port ou de manutention. Pour vous assurer de ne pas manquer un seul de vos romans préférés, remplissez et postez dès aujourd'hui le coupon-réponse suivant :

✂